U0165653

CHINOIS
SANS
FRONTIÈRES ③

Chinois intermédiaire

精彩漢語 中級漢語教材 (B1-B2) 第三冊 (法語版)

五南圖書出版公司 印行

Shih-Chang Hsin 信世昌

Miao Lin-Zucker 林季苗

CHINOIS SANS FRONTIÈRES (3)
Chinois intermédiaire
精彩漢語 (三) B1-B2
（中級漢語教材）

Éditeur principal et auteur 總編輯
Shih-Chang Hsin 信世昌

Éditrice adjointe et co-auteure 執行編輯
Miao Lin-Zucker 林季苗

Ont contribué à la partie "Notes culturelles" 文化註解作者

Stéphane Corcuff	高格孚	第 1、2、3 課
Alexandre Gandil	關亞卓	第 5、6 課
Miao Lin-Zucker	林季苗	第 5 課
Abel Ségrétin	高山	第 7 課

Édition en français 法文編輯
Li-fen Kuo 郭立芬
Abel Ségrétin 高山
Chin-Hua Chen 陳靜華

Rédactrices 編輯
Yu-Yuan Young-Stein 楊尤媛、Fang-Fang Kuan 關芳芳、Hui-Chuan Wang 王慧娟、Chun- Ping Lin 林君萍

Assistantes de rédaction 編輯助理
I-Chi Chen 陳翊綺

Illustratrice 插畫
Shi-Wen Huang 黃詩雯

Directeur de multimédia 多媒體總監
Yu-Yang Yang 楊豫揚

發 行 人 ― 楊榮川
總 經 理 ― 楊士清
總 編 輯 ― 楊秀麗
副總編輯 ― 黃惠娟
責任編輯 ― 魯曉玟、李湘喆
錄音人員 ― 歐喜強、黃琡華
錄 音 室 ― 禮讚錄音有限公司
封面設計 ― 姚孝慈
出 版 者 ― 五南圖書出版股份有限公司
地　　址：106 台北市大安區和平東路二段
　　　　　339 號 4 樓
電　　話：(02)2705-5066
傳　　眞：(02)2706-6100
網　　址：https://www.wunan.com.tw
電子郵件：wunan@wunan.com.tw
劃撥帳號：01068953
戶　　名：五南圖書出版股份有限公司
法律顧問　林勝安律師

定價 450 元

國家圖書館出版品預行編目 (CIP) 資料

精彩漢語法語版 (三) B1-B2：中級漢語教材 . = Chinois sans frontières (3) Chinois intermédiaire / 信世昌主編 . -- 初版 . -- 臺北市：五南圖書出版股份有限公司 , 2024.05
面；　公分
ISBN 978-626-366-692-4(平裝)

1. 漢語　2. 讀本

802.86　　　　　　　　　　　　112016759

À propos des auteurs
編者簡介

信世昌
國立清華大學跨院國際博士學位學程教授
Ph.D. Instructional Systems Technology, Indiana University-Bloomington, USA
研究專業：國際華語研究、華語教學設計、遠距教學、電腦輔助語言教學

林季苗
法國里昂第三大學漢語語言學副教授
法國里昂第三大學及法國國立東方語言文化學院漢語外語教學博士
研究專業：漢語外語教學、外語教師培訓、數位化語言教學、社會語言學

HSIN, Shih-Chang
Professeur des universités,
International Intercollegiate Doctoral Program,
Université nationale Tsing Hua de Taiwan
Docteur en technologie des systèmes pédagogiques, Université Indiana-Bloomington, USA.
Thèmes de recherches : Langue chinoise dans le monde, approches en didactique du chinois, enseignement à distance, enseignement de la langue assisté par ordinateur.

LIN-ZUCKER, Miao
Maitre de conférences en linguistique chinoise, Université Jean Moulin Lyon 3
Docteure en didactique du chinois, Université Jean Moulin Lyon 3 et INALCO
Thèmes de recherches :
Didactique du chinois langue étrangère, formation des formateurs, TICE, sociolinguistique.

編輯前言 Avant-propos

　　本教材以實用性及溝通性為主要教學目標，以學生最感興趣的題材設計。其目的在於讓學生的學習過程中能快速達到交際溝通的能力。每課字體都是繁簡併列，適合不同目的的學習者，並能和來自不同地區的華人交流。學生學完此教材後，中文程度可以達到 CEFR B1-B2 的水準。

壹、課本的編排特色

一、本教材專為法語地區的大學中文課程所設計，適合中級程度的漢語課使用，目標程度是 CEFR B1-B2。

二、本教材每課都一個情境對話，會話場景能讓學生學得各式情境主題的實用漢語。

三、學生在學完本書，能習得約四十多個語法點或句型，在口語上可表達大多數生活上的對話交流需求。

四、本教材每課皆有生詞，全書的課文生詞共約 514 個；部分生詞是補充性質，供查詢之用，可以不教。

五、本教材共有八課，包括兩個複習課，在每三課之後設計一個複習課，例如第四課是複習第一到第三課的內容，第八課複習第五到第七課的內容，欲藉此鞏固學生的學習成效，並且讓學習落後的學生能夠趕上進度。

六、每課都包括閱讀練習、聽力練習和綜合練習，藉以加強語言技能。

七、本教材的聽力部分，包括每課的課文、生詞及聽力練習，都可另於出版社網站上下載其語音檔案。

八、課本中的中文都以傳統漢字及簡體字並列，可學習任何一種字體，並讓學生可以比較。

貳、每課的架構

　　每課的架構基本相同，均包括八個部分，說明如下：

一、課文

　　每課的課文均分為兩個部分，第一部分是對話，每課對話人物討論該課的中心話題。每課第一部分的對話討論之話題並將以一篇文章做延續，冀望學生能夠藉此了解華語各地區在語言及生活上相同和相異之處。

二、生詞

　　除了拼音和法語解釋以外，在兩岸詞彙不同之處也加註說明。每課的生詞量約在 50 個到 80 個之間。

三、語法練習

　　本書挑選重要的語法點做解釋，解釋後並附有練習，讓學生可以馬上檢核對該語法點的理解程度。

四、慣用語

　　每課介紹幾個漢語常用慣用語，藉此學習漢語文化和語言的關係。

五、口語／聽力練習

　　聽力練習係根據每課內容及語法點編寫而成，可由教師於課堂指導學生完成，或留做課後複習之用，聽力練習的聲音檔案皆可從出版社網站下載。

六、句子重組練習

　　每課的句子重組練習可以有效加強學生組句能力。可由教師於課堂帶領學生練習，亦可做課後作業複習之用。

七、綜合練習

　　透過大量的圖片、各式活動和小組的練習，訓練學生聽、說、讀和寫的技能，並強化當課的學習。該部分也提供兩岸真實的語料情境，並利用語料設計問答題，讓學生透過這些材料了解兩岸實際的生活方式。

八、文化註解

　　每課透過幾位法國學者介紹不同面向的文化主題，學習漢語世界的文化議題，其中部分單元也比較了兩岸的異同。

Avant-propos

Première méthode de chinois écrite à la fois en caractères traditionnels et simplifiés, *Chinois sans frontières* permet aux apprenants francophones de se familiariser simultanément avec les deux types d'écritures chinoises en usage. Chaque leçon est composée d'un dialogue et d'un texte qui se déroulent dans un contexte français, chinois ou taïwanais. Résolument ancrée dans la vie quotidienne, cette méthode invite les apprenants à communiquer oralement dès la première leçon. Réalisée par d'éminents spécialistes du chinois langue étrangère, elle introduit toutes les dimensions de la langue chinoise : compréhensions et expressions écrites et orales, grammaticale, lexicale et culturelle. En bonus, des fichiers audios et les corrigés des exercices sont téléchargeables sur le site de la maison d'édition Wunan.

Le niveau visé par ce troisième tome de *Chinois sans frontières* correspond au B1-B2 du *Cadre européen commun de référence pour les langues* (CECRL).

1. Objectifs visés

1. Conforme au niveaux B1-B2 du CECRL, cette méthode convient particulièrement aux enseignements du chinois des universités francophones au niveaux intermédiaires.

2. Chaque leçon est composée d'un dialogue dont les scènes sont situées à Taïwan, en France et en Chine. Les étudiants sont amenés à apprendre la langue chinoise dans des contextes différents.

3. Dans ce livre, les étudiants aborderont environ 40 points de grammaire et de syntaxe et apprendront à s'exprimer oralement dans la vie quotidienne.

4. Chaque leçon offre des listes du vocabulaire que le professeur utilisera selon le contenu de la leçon.

5. Ce troisième tome de *Chinois sans frontières* comporte huit leçons. Une leçon de révision est proposée toutes les trois leçons. Précisément, la leçon 4 a pour but de réviser les leçons 1 à 3, puis la leçon 8 pour réviser les leçons 5 à 7. Ces leçons de révision sont conçues pour une mise en situation globale sur l'ensemble de l'apprentissage jusqu'à une leçon donnée.

6. Chaque leçon contient des exercices de compréhension écrite, de compréhension orale et des exercices supplémentaires, l'objectif étant de renforcer les compétences linguistiques apprises.

7. Les fichiers correspondant aux enregistrements audio de cette méthode — les dialogues, le vocabulaire et les exercices de compréhension orale — sont téléchargeables sur le site de la maison d'éditions Wunan.

8. Les caractères traditionnels et les caractères simplifiés sont présentés simultanément, ce qui permet aux apprenants d'apprendre à la fois les deux écritures.

2. Structure de la leçon

Chaque leçon est constituée de huit parties :

Dialogue et texte

Chaque leçon se compose d'un dialogue et d'un texte dont les scènes sont situées soit à Taïwan, soit en France et soit en Chine.

Vocabulaire

Outre le Pinyin et les significations en français, les différents usages des expressions chinoises en Chine et à Taïwan seront également expliquées. Chaque leçon totalise entre 50 et 80 mots nouveaux.

Grammaire

Des points de grammaire importants sont présentés et accompagnés d'exercices, qui sont pour les étudiants l'occasion de réviser et de s'auto-évaluer.

Expressions courantes

Quelques expressions courantes utilisées dans des dialogues et textes de chaque leçon sont expliquées dans cette partie pour les lecteurs.

Expression / compréhension orale

Les exercices d'expression et compréhension orales correspondent au contenu des leçons. Ils peuvent être utilisés en classe ou faire l'objet de devoirs à la maison. Les documents sonores de cette partie sont téléchargeables sur le site Web des éditions Wunan.

Phrases à remettre dans l'ordre

Des exercices de composer des mots afin de former des phrases sont conçus pour que les apprenants puissent bien assimiler les constructions et structures à apprendre dans ce tome.

Exercices supplémentaires

À l'aide des photos et des activités contextualisées conformément à l'approche actionnelle, des exercices supplémentaires sont proposés afin d'amener les étudiants à écouter, à parler, à lire et à écrire. Des matériaux authentiques sont également utilisés pour mieux représenter les différents modes de vie en Chine et à Taïwan.

Notes culturelles

Des notes culturelles traitant d'aspects divers et variés sont proposées à la fin de chaque leçon. Elles sont rédigées par des spécialistes universitaires de la civilisation chinoise afin de présenter avec pertinence certains points culturels incontournables et qui seront à maîtriser.

目錄（目录）
Sommaire

語法練習	文化註解

現代中國版圖演變 La constitution du territoireétendu de la Chine moderne

帝制時期中國使用的語言
Les langues de la Chine à l´époqueimpériale

第一課 家庭 第一课 家庭
Leçon 1 : Famille

🎧 一、課文 课文 Textes

對話：我的家人 对话：我的家人
Dialogue : Ma famille

Xiaozhen va chez Nicolas pour la fête d'anniversaire de ce dernier. Elle voit une photo de famille de Nicolas et ils commencent à parler de leurs propres familles.

Caractères traditionnels

尼古拉：很高興你今天來參加我的派對，你想喝什麼？

小　真：我想喝可樂。謝謝！

尼古拉：你別在那兒站著，來這兒坐吧！

小　真：好哇！尼古拉，這是你跟家人的照片嗎？

尼古拉：是啊！那是去年聖誕節拍的。前面坐著的是我爸爸、媽
　　　　媽；後面站著的是我哥哥。

小　真：你爸爸做什麼工作呢？他看起來好嚴肅啊！

尼古拉：他的工作很多，還有三個孩子的花費，所以壓力很大。

小　眞：你是老大嗎？

尼古拉：不是，我是老么，有一個哥哥、一個姐姐。姐姐已經結婚了，生了一個兒子；哥哥還是單身，但是有女朋友了。

小　眞：哇！你有一個外甥，已經當舅舅了。不像我是獨生女，以後不能當阿姨，也不能當姑姑。

尼古拉：眞可惜！最近中國跟台灣的出生率越來越低，我有很多中國朋友都沒有兄弟姐妹。

小　眞：對呀！這種少子化現象也影響許多方面。比方說，學校裡的學生減少了，許多老師就找不到工作。

尼古拉：眞糟糕！本來我以後想當老師，現在看起來希望恐怕不大了。

小　眞：好了、好了！今天是你的生日，我們談的話題太嚴肅了。你知道嗎？中國人說，孩子的生日是「母難日」。在這個特別的日子裡，你應該謝謝的人是母親。

尼古拉：說到母親，我眞的非常想她，她對孩子來說不只是個媽媽，而且也是我們最好的朋友。

小　眞：是啊！我跟我媽媽的感情也很深。她是個職業婦女，除了工作以外，還要照顧家庭。很辛苦！

尼古拉：你爸爸呢？

小　眞：我爸爸三年前退休了，家裡都是媽媽一個人賺錢。還好，我念大學以後，就自己打工賺生活費。

尼古拉：沒想到你的生活這麼辛苦。

小　眞：沒關係！我已經習慣了。每個人都有自己的生活嘛！

尼古拉：我們吃點東西吧！你想喝什麼？你坐著，我去幫你拿。

Caractères simplifiés

尼古拉：很高兴你今天来参加我的派对，你想喝什么？

小　真：我想喝可乐。谢谢！

尼古拉：你别在那儿站着，来这儿坐吧！

小　真：好哇！尼古拉，这是你跟家人的照片吗？

尼古拉：是啊！那是去年圣诞节拍的。前面坐着的是我爸爸、妈妈；后面站着的是我哥哥。

小　真：你爸爸做什么工作呢？他看起来好严肃啊！

尼古拉：他的工作很多，还有三个孩子的花费，所以压力很大。

小　真：你是老大吗？

尼古拉：不是，我是老幺，有一个哥哥、一个姐姐。姐姐已经结婚了，生了一个儿子；哥哥还是单身，但是有女朋友了。

小　真：哇！你有一个外甥，已经当舅舅了。不像我是独生女，以后不能当阿姨，也不能当姑姑。

尼古拉：真可惜！最近中国跟台湾的出生率越来越低，我有很多中国朋友都没有兄弟姐妹。

小　真：对呀！这种少子化现象也影响许多方面。比方说，学校里的学生减少了，许多老师就找不到工作。

尼古拉：真糟糕！本来我以后想当老师，现在看起来希望恐怕不大了。

小　真：好了、好了！今天是你的生日，我们谈的话题太严肃了。你知道吗？中国人说，孩子的生日是「母难日」。在这个特别的日子里，你应该谢谢的人是母亲。

尼古拉：说到母亲，我真的非常想她，她对孩子来说不只是个妈妈，而且也是我们最好的朋友。

小　真：是啊！我跟我妈妈的感情也很深。她是个职业妇女，除了工作以外，还要照顾家庭。很辛苦！

尼古拉：你爸爸呢？

小　真：我爸爸三年前退休了，家里都是妈妈一个人赚钱。还好，我念大学以后，就自己打工赚生活费。

尼古拉：没想到你的生活这么辛苦。

小　　真：没关系！我已经习惯了。每个人都有自己的生活嘛！
尼古拉：我们吃点东西吧！你想喝什么？你坐着，我去帮你拿。

 ## 問題 问题 Questions

1. 尼古拉家人的照片裡有什麼人？ 尼古拉家人的照片里有什么人？

----

2. 爲什麼照片裡，尼古拉的爸爸看起來很嚴肅？
   为什么照片里，尼古拉的爸爸看起来很严肃？

----

3. 中國跟台灣的少子化現象，造成了什麼影響？
   中国跟台湾的少子化现象，造成了什么影响？

----

4. 爲什麼尼古拉很想他的母親？ 为什么尼古拉很想他的母亲？

----

5. 爲什麼小眞念大學以後，就自己打工賺生活費？
   为什么小真念大学以后，就自己打工赚生活费？

🎧 文章：家庭教育 文章：家庭教育
Texte : Éducation familiale

Caractères traditionnels

　　昨天電視報導了一則新聞：一個中學生因爲是家中獨子的關係，養成了依賴的習慣，缺少照顧自己的能力。父母發現以後，雖然想改變這個情況，可是孩子並不接受，結果就離家出走了。

　　現在的社會，這種事並不少見。受到少子化和考試主義的影

響，很多父母太保護孩子，認為念書比什麼都重要。所以有的父母希望孩子用功念書、準備考試、不必做家事，結果孩子長大了以後不能獨立，造成了更大的問題。

照顧自己的能力應該從小在家庭中訓練，從做家事開始。做家事不只可以幫父母的忙，而且也可以訓練孩子獨立生活的能力。孩子從做家事中，不但可以學習生活的能力，也可以學習怎麼解決問題。

俗語說：「給他一條魚，不如給他一根釣竿。」讓孩子從做家事開始，學習獨立生活的能力，才是父母送給孩子最好的禮物。

Caractères simplifiés

昨天电视报导了一则新闻：一个中学生因为是家中独子的关系，养成了依赖的习惯，缺少照顾自己的能力。父母发现以后，虽然想改变这个情况，可是孩子并不接受，结果就离家出走了。

现在的社会，这种事并不少见。受到少子化和考试主义的影响，很多父母太保护孩子，认为念书比什么都重要。所以有的父母希望孩子用功念书、准备考试、不必做家事，结果孩子长大了以后不能独立，造成了更大的问题。

照顾自己的能力应该从小在家庭中训练，从做家事开始。做家事不只可以帮父母的忙，而且也可以训练孩子独立生活的能力。孩子从做家事中，不但可以学习生活的能力，也可以学习怎么解决问题。

俗语说：「给他一条鱼，不如给他一根钓竿。」让孩子从做家事开始，学习独立生活的能力，才是父母送给孩子最好的礼物。

問題 问题 Questions

1. 為什麼這個中學生會離家出走？ 为什么这个中学生会离家出走？

2. 爲什麼有的父母太保護孩子，認爲念書比什麼都重要？

　　为什么有的父母太保护孩子，认为念书比什么都重要？

3. 爲什麼有的孩子長大了以後不能獨立？　为什么有的孩子长大了以后不能独立？

4. 孩子從做家事中，可以學習什麼事？　孩子从做家事中，可以学习什么事？

5. 什麼才是父母送給孩子最好的禮物？　什么才是父母送给孩子最好的礼物？

🎧 二、生詞 生词 Vocabulaire 🔊

🎧 對話 对话 Dialogue

	生詞 生词 mot	簡體 简体 Caractère simplifié	拼音 拼音 Pinyin	解釋 解释 signification
1	參加	参加	*cānjiā*	assister à participer à
2	著	着	*zhe*	(suffixe verbal marquant la continuité d'une action)
3	站著	站着	*zhànzhe*	rester debout
4	坐著	坐着	*zuòzhe*	rester assis
5	聖誕節	圣诞节	*Shèngdàn jié*	Noël
6	嚴肅	严肃	*yánsù*	sévère ; sérieux
7	花費	花费	*huāfèi*	Dépenses, frais
8	壓力	压力	*yālì*	pression
9	老大	老大	*lǎodà*	enfant né en premier, aîné
10	老么	老么	*lǎo yāo*	benjamin
11	結婚	结婚	*jiéhūn*	se marier
12	兒子	儿子	*érzi*	fils

	生詞 生词 mot	簡體 简体 Caractère simplifié	拼音 拼音 Pinyin	解釋 解释 signification
13	單身	单身	*dānshēn*	célibataire
14	女朋友	女朋友	*nǚ péngyǒu*	petite amie ; compagne
15	外甥	外甥	*wàishēng*	neveu (fils de la sœur)
16	舅舅	舅舅	*jiùjiu*	oncle (frère de la mère)
17	不像	不像	*bú xiàng*	ne pas être comme ; ne pas ressembler à
18	獨生女	独生女	*dúshēngnǚ*	fille unique
19	阿姨	阿姨	*āyí*	tante (sœur de la mère)
20	姑姑	姑姑	*gūgu*	tante (sœur du père)
21	出生	出生	*chūshēng*	naissance ; naître
22	率	率	*lǜ*	taux
23	出生率	出生率	*chūshēnglǜ*	taux de naissance
24	越來越…	越来越…	*yuè lái yuè...*	de plus en plus...
25	兄弟姐妹	兄弟姐妹	*xiōngdì jiěmèi*	fratrie, ensemble des frères et des sœurs
26	少子化	少子化	*shǎo zǐ huà*	tendance de la diminution du nombre d'enfants dans les familles
27	現象	现象	*xiànxiàng*	phénomène
28	影響	影响	*yǐngxiǎng*	influencer ; influence
29	減少	减少	*jiǎnshǎo*	diminuer ; réduire
30	許多…	许多…	*xǔduō*	de nombreux (nombreuses)...
31	糟糕	糟糕	*zāogāo*	horrible, extrêmement mauvais
32	情況	情况	*qíngkuàng*	circonstance ; situation
33	希望	希望	*xīwàng*	espoir, espérance ; espérer
34	恐怕	恐怕	*kǒngpà*	craindre de
35	話題	话题	*huàtí*	sujet de conversation
36	母難日	母难日	*mǔ nàn rì*	« jour où la mère a souffert » ; anniversaire

	生詞 生词 mot	簡體 简体 Caractère simplifié	拼音 拼音 Pinyin	解釋 解释 signification
37	日子	日子	*rìzi*	jour, journée
38	對…來說	对…来说	*duì...Lái shuō*	pour (+ qn)
39	不只	不只	*bùzhǐ*	non seulement
40	感情	感情	*gǎnqíng*	affection amoureuse
41	深	深	*shēn*	profond
42	職業	职业	*zhíyè*	métier
43	婦女	妇女	*fùnǚ*	femme (souvent pour les femmes mariées)
44	職業婦女	职业妇女	*zhíyè fùnǚ*	femme qui exerce un métier
45	照顧	照顾	*zhàogù*	s'occuper de ; prendre soin de
46	退休	退休	*tuìxiū*	prendre sa retraite
47	賺錢	赚钱	*zhuànqián*	gagner de l'argent
48	沒想到	没想到	*méi xiǎngdào*	on n'a pas pensé (à...)
49	習慣	习惯	*xíguàn*	s'habituer ; habitude
50	生活	生活	*shēnghuó*	vie ; vivre
51	嘛	嘛	*ma*	(particule finale en tant qu'interjection)

文章 文章 Texte

	生詞 生词 mot	簡體 简体 chinois simplifié	拼音 拼音 Pinyin	解釋 解释 signification
1	家庭教育	家庭教育	*jiātíng jiàoyù*	éducation familiale
2	電視	电视	*diànshì*	télévision
3	報導	报导	*bàodǎo*	diffuser (un reportage)
4	則	则	*zé*	(classificateur pour le reportage)
5	新聞	新闻	*xīnwén*	reportage, informations
6	因為…的關係	因为…的关系	*yīnwèi... de guānxì*	parce que...

	生詞 生词 mot	簡體 简体 **chinois simplifié**	拼音 拼音 **Pinyin**	解釋 解释 **signification**
7	養成…的習慣	养成…的习惯	*yǎngchéng... de xíguàn*	apprendre à ...
8	依賴	依赖	*yīlài*	être dépendant
9	缺少	缺少	*quēshǎo*	manquer
10	父母（親）	父母（亲）	*fùmǔ (qīn)*	parents (le père et la mère)
11	改變	改变	*gǎibiàn*	changer (en rompant une habitude)
12	接受	接受	*jiēshòu*	accepter
13	離家出走	离家出走	*lí jiā chūzǒu*	s'enfuir de la maison
14	社會	社会	*shèhuì*	société
15	少見	少见	*shǎojiàn*	être rare de voir
16	受到…的影響	受到…的影响	*shòudào... de yǐngxiǎng*	sous l'influence de…
17	…主義	…主义	*…zhǔyì*	« …-isme »
18	保護	保护	*bǎohù*	protéger
19	比什麼都…	比什么都…	*bǐ shénme dōu...*	plus ... que tout
20	有的	有的	*yǒu de*	certains (mot indiquant un nombre restreint de personnes ou de choses d'un ensemble), il y en a qui…
21	做家事	做家事	*zuò jiāshì*	faire le ménage
22	不但	不但	*bùdàn*	non seulement
23	學習	学习	*xuéxí*	apprendre
24	解決	解决	*jiějué*	résoudre
25	俗語	俗语	*súyǔ*	dicton
26	不如	不如	*bùrú*	être moins bien que
27	根	根	*gēn*	(classificateur pour la canne à pêche)
28	釣竿	钓竿	*diàogān*	canne à pêche
29	獨立	独立	*dúlì*	indépendant ; indépendamment

	生詞 生词 mot	簡體 简体 chinois simplifié	拼音 拼音 Pinyin	解釋 解释 signification
30	禮物	礼物	*lǐwù*	cadeau

🎧 一般練習生詞　一般练习生词 Vocabulaire supplémentaire

	生詞 生词 mot	簡體 简体 chinois simplifié	拼音 拼音 Pinyin	解釋 解释 signification
1	重組	重组	*chóngzǔ*	recomposer
2	廚房	厨房	*chúfáng*	cuisine, pièce dans laquelle sont préparés les aliments)
3	廚師	厨师	*chúshī*	cuisinier
4	大部分	大部分	*dà bùfèn*	la plupart
5	獨生子女	独生子女	*dúshēng zǐnǚ*	enfants uniques
6	煩	烦	*fán*	ennuyeux
7	跟屁蟲	跟屁虫	*gēnpìchóng*	insecte qui suit constamment les fesses de quelqu'un (métaphorique pour les gens ennuyeux, les flatteurs, les lèche-bottes)
8	功夫	功夫	*gōngfū*	temps et effort ; kung-fu
9	關	关	*guān*	fermer
10	孤單	孤单	*gūdān*	seul, isolé, solitaire, esseulé
11	腳踏車	脚踏车	*jiǎotàchē*	vélo, bicyclette (mot utilisé à Taiwan)
12	記住	记住	*jì zhù*	mémoriser, se souvenir de
13	來自	来自	*láizì*	être issu de ; provenir de ; dériver de ; en provenance de
14	亮	亮	*liàng*	brillant ; lumineux
15	留在	留在	*liú zài*	rester à
16	留在家裡	留在家里	*liú zài jiālǐ*	rester à la maison

生詞 生词 mot	簡體 简体 chinois simplifié	拼音 拼音 Pinyin	解釋 解释 signification
17 情境	情境	*qíngjìng*	situation, circonstances
18 求	求	*qiú*	demander (à qn) en suppliant
19 雙薪家庭	双薪家庭	*shuāngxīn jiātíng*	foyer familial dans lequel tous les deux du couple gagnent un salaire
20 熟語	熟语	*shúyǔ*	idiome
21 歲	岁	*suì*	« an » indiquant « l'âge »
22 天氣	天气	*tiānqì*	météo, temps, état de l'atmosphère à un moment donné
23 屋子	屋子	*wūzi*	pièce, chambre
24 想法	想法	*xiǎngfǎ*	idée, manière de penser
25 想念	想念	*xiǎngniàn*	penser fort à (quelqu'un ou quelque chose)
26 小孩	小孩	*xiǎohái*	enfant
27 寫法	写法	*xiěfǎ*	écriture ; style d'écriture ; orthographe
28 與其	与其	*yǔqí*	au lieu de ; au lieu que
29 站在	站在	*zhàn zài*	se tenir debout (+ lieu)
30 子女	子女	*zǐnǚ*	fils et filles, enfants
31 做菜	做菜	*zuò cài*	faire la cuisine

三、語法練習 语法练习 Grammaire

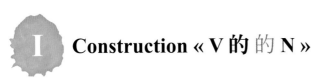

I **Construction « V 的 的 N »**

Il s'agit d'une structure « déterminant / déterminé » dans laquelle le déterminant peut être constitué d'un verbe ou même d'un membre de phrase (verbe d'accompagné de son sujet et d'éventuels compléments). Il équivaut donc à une proposition relative française (qui, que, dont...).

V 的 N		
談	的	話題
谈	的	话题
感謝	的	人
感谢	的	人
養成依賴	的	習慣
养成依赖	的	习惯

試試看：以「V 的 N」造句。　試试看：以「V 的 N」造句。

Essayez : Faites des phrases avec la construction « verbe + 的 的 + nom ». Vous devez ajouter un 的 dans les mots proposés.

例 例 **Exemple：**

1. 寫文章→ ，在哪兒學的呀？
   写文章→ ，在哪儿学的呀？

2. 買衣服→ ，應該不便宜吧？
   买衣服→ ，应该不便宜吧？

3. 聽音樂→ ，把它關了吧！
   听音乐→ ，把它关了吧！

4. 做菜→ ，誰教你的呢？
   做菜→ ，谁教你的呢？

5. 寄包裹→ ，裡面是什麼東西呀？
   寄包裹→ ，里面是什么东西呀？

II Suffixe verbal « 著 着 zhe »

Le suffixe « zhe » est toujours précédé d'un verbe. La structure « V+ zhe » exprime la continuité d'une action et peut décrire un état suivant l'action.

N（別）在（PW）V 著，… N（別）在（PW）V 着，…
門　　　　　　開著，…
门　　　　　　开着，…
你（別）在那兒站著，…
你（别）在那儿站着，…

試試看：以「V 著」造句。　試試看：以「V 着」造句。
Essayez : Utilisez les mots proposés afin de fabriquer une phrase.

例 例 **Exemple**：

門 / 關→門關著，他已經走了。
门 / 关→门关着，他已经走了。

⋯⋯⋯⋯⋯⋯⋯⋯⋯⋯⋯⋯⋯⋯⋯⋯⋯⋯⋯⋯⋯⋯⋯⋯⋯⋯⋯⋯⋯⋯⋯

1. 燈 / 亮→
　 灯 / 亮→
⋯⋯⋯⋯⋯⋯⋯⋯⋯⋯⋯⋯⋯⋯⋯⋯⋯⋯⋯⋯⋯⋯⋯⋯⋯⋯⋯⋯⋯⋯⋯

2. 雨 / 不停地 / 下→
　 雨 / 不停地 / 下→
⋯⋯⋯⋯⋯⋯⋯⋯⋯⋯⋯⋯⋯⋯⋯⋯⋯⋯⋯⋯⋯⋯⋯⋯⋯⋯⋯⋯⋯⋯⋯

3. 你 / 別 / 在椅子 / 坐→
　 你 / 别 / 在椅子 / 坐→
⋯⋯⋯⋯⋯⋯⋯⋯⋯⋯⋯⋯⋯⋯⋯⋯⋯⋯⋯⋯⋯⋯⋯⋯⋯⋯⋯⋯⋯⋯⋯

4. 小明 / 在屋子裡 / 等→
　 小明 / 在屋子里 / 等→
⋯⋯⋯⋯⋯⋯⋯⋯⋯⋯⋯⋯⋯⋯⋯⋯⋯⋯⋯⋯⋯⋯⋯⋯⋯⋯⋯⋯⋯⋯⋯

5. 王老師 / 在學校 / 忙→
　 王老师 / 在学校 / 忙→
⋯⋯⋯⋯⋯⋯⋯⋯⋯⋯⋯⋯⋯⋯⋯⋯⋯⋯⋯⋯⋯⋯⋯⋯⋯⋯⋯⋯⋯⋯⋯

 III **Interjections 語氣詞 语气词**

En chinois, les interjections peuvent se placer au début ou à la fin de la phrase, voire s'employer seules. Elles se prononcent généralement au ton « neutre » mais la prononciation de certaines interjections peuvent changer en raison de la liaison avec la voyelle / consonne précédente.

L'interjection « 啊 啊 a » peut marquer une explication ou un rappel lorsqu'elle est placée à la fin d'une phrase descriptive ou narrative. On peut aussi l'utiliser dans une question quand on attend une réponse certaine. Concernant son changement de prononciation, on fait habituellement la liaison avec la voyelle / consonne précédent comme suit:

(一) L'interjection « 啊 啊 a » peut marquer une explication ou un rappel lorsqu'elle est placée à la fin d'une phrase descriptive ou narrative. On peut aussi l'utiliser dans une question quand on attend une réponse certaine. Concernant son changement de prononciation, on fait habituellement la liaison avec la voyelle / consonne précédent comme suit:

voyelle / consonne précédente	changement de prononciation (en caractère chinois)
-i, -ü, -a, -e, -o	ya（呀）
-u, -ao	wa（哇）
-n	na（哪）

試試看：填上適當的語氣詞。 试试看：填上适当的语气词。
Employez la bonne interjection :

例 例 Exemple：

他看起來好嚴肅！→他看起來好嚴肅哇！
他看起来好严肃！→他看起来好严肃哇！

1. 什麼時候走 ?
   什么时候走 ?

2. 這個字好難 !
   这个字好难 !

3. 下次早點來 !
   下次早点来 !

4. 今天好冷 !
   今天好冷 !

5. 你是日本人 !
   你是日本人 !

㈡ L'interjection « 喔 喔 wo » s'utilise pour attirer l'attention de quelqu'un.

試試看：寫出順序。 试试看：写出顺序。
Mettez dans l'ordre les mots proposés afin de créer une phrase.

例 例 Exemple：

在這個特別的日子裡，你最該感謝的人是母親喔！
在这个特别的日子里，你最该感谢的人是母亲喔！

1. 記住／喔！／這個寫法／你要
   记住／喔！／这个写法／你要

2. 你／快走／，車／開了／喔！／要
   你／快走／，车／开了／喔！／要

3. 要／記得／回家／喔！／做功課
   要／记得／回家／喔！／做功课

4. 學校／別／忘了／來／明天／早點／喔！
   学校／别／忘了／来／明天／早点／喔！

5. 喔！／要／考試／用功／下次／一點
   喔！／要／考试／用功／下次／一点

㈢ L'interjection « 嘛 嘛 ma » est employée à la fin d'une phrase descriptive ou narrative, pour montrer un fait évident et incontestable.

試試看：以「語氣詞」造句。 试试看：以「语气词」造句。
Créez une phrase en utilisant une interjection.

例 例 Exemple：

A：沒想到你的生活這麼辛苦。（每個人、生活）
　　没想到你的生活这么辛苦。（每个人、生活）

B：我已經習慣了。每個人都有自己的生活嘛！
　　我已经习惯了。每个人都有自己的生活嘛！

1. A：他的中文說得眞好。　他的中文说得真好。

　　B：　　　　　　　　　　　　　　　　　　　　　　（爸爸、中國人）

　　　　　　　　　　　　　　　　　　　　　　　　　　（爸爸、中国人）

2. A：老張做的菜眞好吃。　老张做的菜真好吃。

　　B：　　　　　　　　　　　　　　　　　　　　　　　　　（廚師）

　　　　　　　　　　　　　　　　　　　　　　　　　　　　（厨师）

3. A：眞是謝謝你的幫忙！　真是谢谢你的帮忙！

　　B：不客氣！　　　　　　　　　　　　　　　　　　　（好朋友）

　　　　不客气！　　　　　　　　　　　　　　　　　　　（好朋友）

4. A：爲什麼你不買新電腦？　为什么你不买新电脑？

　　B：　　　　　　　　　　　　　　　　　　　　　　　（沒有錢）

　　　　　　　　　　　　　　　　　　　　　　　　　　（没有钱）

5. A：爲什麼你常常一個人去看電影？　为什么你常常一个人去看电影？

　　B：　　　　　　　　　　　　　　　　　　　　　　（沒有女朋友）

　　　　　　　　　　　　　　　　　　　　　　　　　（没有女朋友）

 IV　Construction « 因爲 ...... 的關係 因为 ...... 的关系
Yīnwèi ...... de guānxì »

La construction est utilisée pour exprimer la cause, cette dernière peut être désignée par un nom, une locution ou même une phrase. On peut omettre « _de guānxì_ » et emploie seulement « _yīnwèi_ ».

 試試看：以「因爲…的關係」造句。　试试看：以「因为…的关系」造句。

例 例 Exemple：

A：小文爲什麼緊張？（考試）　小文为什么紧张？（考试）

B：因爲考試的關係，小文很緊張。　因为考试的关系，小文很紧张。

1. A：你們爲什麼不上課？（老師生病） 你们为什么不上课？（老师生病）

   B：

2. A：門口爲什麼放那麼多東西？（搬家） 门口为什么放那么多东西？（搬家）

   B：

3. A：你今天怎麼不騎自行車？（下雨） 你今天怎么不骑自行车？

   B：

4. A：馬丁爲什麼請假？（感冒） 马丁为什么请假？（感冒）

   B：

5. A：你爲什麼不去旅行？（錢） 你为什么不去旅行？（钱）

   B：

 V **Négation « renforcée »**

En chinois, on peut ajouter l'adverbe « 並 并 *bing* » devant un mot de négation pour renforcer la phrase négative. Les mots de négations peuvent se placer après « 並 并 *bing* » sont suivants: « 不 不 *bù* », « 沒 没 *méi* », « 未 未 *wèi* » et « 非 非 *fēi* ».

 試試看：以「並不」造句。 试试看：以「并不」造句。
Créez des phrases avec 並不 并不：

例 例 **Exemple：**

1. A：聽說台北的冬天很冷。 听说台北的冬天很冷。

   B：我覺得台北的冬天 我觉得台北的冬天

2. 我學了好幾年功夫，可是打得不好。 我学了好几年功夫，可是打得不好。

   →我學了好幾年功夫， 我学了好几年功夫，

3. A：這位老師看起來好嚴肅。　这位老师看起来好严肃。

　B：　　　　　　　　　　　　　　　　　　　　　　，你可以跟他好好聊聊天。

　　　　　　　　　　　　　　　　　　　　　　　　　　，你可以跟他好好聊聊天。

4. 大家都說這家餐廳的菜好吃，可是我覺得不怎麼好吃。

　大家都说这家餐厅的菜好吃，可是我觉得不怎么好吃。

　→大家都說這家餐廳的菜好吃，

　　大家都说这家餐厅的菜好吃，

5. 雖然她又漂亮又有錢，可是我們不怎麼喜歡她。

　虽然她又漂亮又有钱，可是我们不怎么喜欢她。

　→雖然她又漂亮又有錢，

　　虽然她又漂亮又有钱，

VI Construction « 受到 受到 *shòudào* ... 的影響 的影响 *de yǐngxiǎng* »

La construction signifie « sous l'influence de... » et désigne la cause.

試試看：以「受到…的影響」造句。　試試看：以「受到…的影响」造句。
Finissez les phrases avec la construction demandée :

1. 我爸爸喜歡運動，所以我也喜歡。

　我爸爸喜欢运动，所以我也喜欢。

　→　　　　　　　　　　　　　　　　　　　　　　，我也喜歡運動。

　　　　　　　　　　　　　　　　　　　　　　　　，我也喜欢运动。

2. 小明的同學不參加比賽，小明也決定不參加。

　小明的同学不参加比赛，小明也决定不参加。

　→　　　　　　　　　　　　　　　　　　　　，小明決定不參加比賽了。

　　　　　　　　　　　　　　　　　　　　　　，小明决定不参加比赛了。

3. 老王天天游泳，老張也開始游泳。
　　老王天天游泳，老张也开始游泳。

→ 　　　　　　　　　　　　　　　　　　　　　，老張也開始游泳。

　　　　　　　　　　　　　　　　　　　　　　　，老张也开始游泳。

4. 因爲天氣的關係，我們決定不去旅行了。
　　因为天气的关系，我们决定不去旅行了。

→ 　　　　　　　　　　　　　　　　　　　　，我們決定不去旅行了。

　　　　　　　　　　　　　　　　　　　　　，我们决定不去旅行了。

5. 因爲店員的關係，我們決定不買衣服了。
　　因为店员的关系，我们决定不买衣服了。

→ 　　　　　　　　　　　　　　　　　　　　，我們決定不買衣服了。

　　　　　　　　　　　　　　　　　　　　　，我们决定不买衣服了。

VII Construction « 不只 不只 *bùzhǐ*..., 而且 而且 *érqiě*... »

　　Les conjonctions « *bùzhǐ* » et « *érqiě* » signifient respectivement « non seulement » et « de plus ». La construction se traduit alors comme « non seulement... mais de plus... ». En chinois, la construction est souvent placée après le sujet de la phrase.

試試看：以「不只…而且也」造句。 试试看：以「不只…而且也」造句。

1. A：小王會說日文嗎？ 小王会说日文吗？

B：

2. A：你的新工作怎麼樣？ 你的新工作怎么样？

B：

3. A：你爲什麼要搬家？ 你为什么要搬家？

B：

4. A：你爲什麼要學中文？ 你为什么要学中文？

   B：

....

5. A：爲什麼你要打工？ 为什么你要打工？

   B：

....

 VIII **Construction « (與其 与其 *yǔqí*) ..., 不如 不如 *bùrú*... »**

Dans la construction comparative, les deux conjonctions lient deux locutions désignant deux faits ou deux situations. La conjonction « *yǔqí* » marquant une « opposition / différence » est souvent omise et le locuteur préfère le fait / la situation après la conjonction « *bùrú* » signifiant « être moins bien que ».

 試試看：以「（與其）A 不如 B」造句。
試试看：以「（与其）A 不如 B」造句。

例 例 Exemple：

（與其）給他一條魚，不如給他一根釣竿。
（与其）给他一条鱼，不如给他一根钓竿。

....

1. 擔心、打電話→   問清楚。
   担心、打电话→   问清楚。

....

2. 求他幫忙、自己加班→
   求他帮忙、自己加班→

....

3. 待在家裡、出去走走→天氣眞好，
   待在家里、出去走走→天气真好，

....

4. 坐火車、搭飛機→雖然票價貴了點，
   坐火车、搭飞机→虽然票价贵了点，

....

IX Suffixe verbal « 到 到 *dào* »

Le suffixe « dào », précédé d'un verbe, peut exprimer que l'on atteint un lieu ou un résultat par une action.

 試試看：以「V 到」造句。 试试看：以「V 到」造句。

例 例 Exemple：

學校裡的學生減少了，許多老師就找不到工作。
学校里的学生减少了，许多老师就找不到工作。

---

1.   百貨公司，我們決定休息休息，（走）
                                            百货公司，我们决定休息休息，（走）

---

2. 陳先生一直   他來了，才離開。（等）
   陈先生一直   他来了，才离开。（等）

---

3.   母親，我真的非常想念她。（說）
                                            母亲，我真的非常想念她。（说）

---

4. 他吃飯吃得很快，   20 分鐘就吃完了。（吃 / 不）
   他吃饭吃得很快，   20 分钟就吃完了。（吃 / 不）

---

5. 你往前走就會   百貨公司。（看）
   你往前走就会   百货公司。（看）

四、慣用語 惯用语 Expression courante

Le proverbe chinois « 給他一條魚，不如給他一根釣竿。给他一条鱼，不如给他一根钓竿。 » (*Gěi tā yì tiáo yú, bùrú gěi tā yì gēn diàogān*) signifiant « On préfère donner une canne à pêche plutôt que de donner un poisson », met l'accent sur l'importance de la capacité de résolution des causes d'un problème. Dans la leçon, le proverbe exprime que les parents doivent apprendre à leurs enfants à être autonomes.

🎧 五、口語／聽力練習 口语／听力练习
Expression / Compréhension orale

(一) Utilisez les mots ci-dessous et discutez avec vos camarades des problèmes qui peuvent arriver dans un foyer où les parents travaillent tous les deux.

雙薪家庭　獨生子女　兄弟姐妹　獨立　孤單　賺錢減少壓力　陪
双薪家庭　独生子女　兄弟姐妹　独立　孤单　赚钱减少压力　陪

(二) Écoutez l'enregistrement audio et choisissez entre « vrai » ou « faux ».

	對 对	錯 错
1. 李家明的爸爸媽媽都有工作。 李家明的爸爸妈妈都有工作。	☐ ☐	☐ ☐
2. 李家明每天下課以後，馬上帶弟弟回家。 李家明每天下课以后，马上带弟弟回家。	☐ ☐	☐ ☐
3. 李家明的同學大部分都有兄弟姐妹。 李家明的同学大部分都有兄弟姐妹。	☐ ☐	☐ ☐
4. 小玲每天下課以後要照顧弟弟。 小玲每天下课以后要照顾弟弟。	☐ ☐	☐ ☐
5. 李家明覺得他家沒有錢。 李家明觉得他家没有钱。	☐ ☐	☐ ☐

(三) Écoutez à nouveau l'enregistrement audio, afin de compléter les mots manquants dans les phrases ci-dessous.

1. 他叫李家明，他家是雙薪家庭，爸爸在＿＿＿＿上班，媽媽是＿＿＿＿。
   他叫李家明，他家是双薪家庭，爸爸在＿＿＿＿上班，妈妈是＿＿＿＿。

2. 小玲是家裡的＿＿＿＿，她還有一個＿＿＿＿。
   小玲是家里的＿＿＿＿，她还有一个＿＿＿＿。

3. 家明覺得一個人很孤單，所以＿＿＿＿不如留在＿＿＿＿。
   家明觉得一个人很孤单，所以＿＿＿＿不如留在＿＿＿＿。

4. 家明的同學差不多也都是家裡的＿＿＿＿。
   家明的同学差不多也都是家里的＿＿＿＿。

5. 王小玲總是覺得小光很煩，因為她＿＿＿＿，小光就要＿＿＿＿，所以她都叫小光「跟屁蟲」。
   王小玲总是觉得小光很烦，因为她＿＿＿＿，小光就要＿＿＿＿，所以她都叫小光

「跟屁虫」。

6. 家明的爸爸媽媽要他＿＿＿＿一點，家明希望爸爸媽媽能＿＿＿＿。

家明的爸爸妈妈要他＿＿＿＿一点，家明希望爸爸妈妈能＿＿＿＿。

7. 家明希望能快一點長大，幫忙家裡＿＿＿＿，減少爸爸媽媽的＿＿＿＿。

家明希望能快一点长大，帮忙家里＿＿＿＿，减少爸爸妈妈的＿＿＿＿。

㈣ Discutez les questions ci-dessous avec vos camarades.

1. 你的父母都有工作嗎？你覺得雙薪家庭有什麼好處或壞處？

你的父母都有工作吗？你觉得双薪家庭有什么好处或坏处？

2. 你是家裡的獨生子女，還是有其他兄弟姐妹？你覺得當獨生子女好，還是有兄弟姐妹好？說說你的經驗，也問問你的朋友。

你是家里的独生子女，还是有其他兄弟姐妹？你觉得当独生子女好，还是有兄弟姐妹好？说说你的经验，也问问你的朋友。

六、句子重組　句子重组
Phrases à remettre dans l'ordre

1. 孩子做家事　好的生活習慣　可以養成　不只，而且也能　學習獨立。

孩子做家事　好的生活习惯　可以养成　不只，而且也能　学习独立。

2. 孩子　特別受到父母保護的　長大以後，不但　賺錢　自己　不會，也　缺少　的能力　解決問題。

孩子　特别受到父母保护的　长大以后，不但　赚钱　自己　不会，也　缺少　的能力　解决问题。

3. 單身　因為～的關係，父母和社會　林小姐　受到　的壓力　許多來自。

单身　因为～的关系，父母和社会　林小姐　受到　的压力　许多来自。

4a. 西方　受到～的影響，越來越多　結婚　中國人　覺得　單身　不如。

西方　受到～的影响，越来越多　结婚　中国人　觉得　单身　不如。

4b. 但是　這種　想法，單身的　中國父母　並不　被～接受。

　　但是　这种　想法，单身的　中国父母　并不　被～接受。

4c. 對～來說　中國父母，結婚、生小孩　才是　最希望孩子　他們　做的事。

　　对～来说　中国父母，结婚、生小孩　才是　最希望孩子　他们　做的事。

七、綜合練習 综合练习 Exercices supplémentaires

 說一說 说一说 Exprimez-vous

1. Décrivez les images ci-dessous en utilisant le suffixe verbal « 著 着 *zhe* »

例：教室裡站著的是李老師。　1.　　2.

3.　　4.　　5.

2. Faites-vous le ménage ? Savez-vous dire les tâches ménagères en chinois ? Voici quelques exercices :

⑴ Jeu de communication – La classe se divise en deux groupes (A et B). Un joueur du groupe A essaye de faire deviner une tâche ménagère à tous les joueurs de sa propre équipe, selon l'image donnée par le professeur. Ensuite, au tour du groupe B. La durée de chaque tour est limité: si on trouve la bonne réponse en une minute, on obtient un point.

A la fin du jeu, on compte les points accumulés par les deux groupes. Le groupe ayant obtenu plus de points gagnera.

掃地 扫地 **săo dì**	吸地毯 **xī dìtăn**	洗衣服 **xǐ yīfú**
晾衣服 **liàng yīfú**	擦地板 **cā dìbăn**	折衣服 **zhé yīfú**
洗碗 **xǐ wăn**	整理鞋子 **zhěnglǐ xiézi**	擺碗筷 摆碗筷 **băi wăn kuài**
照顧弟妹 照顾弟妹 **zhàogù dìmèi**	刷馬桶 刷马桶 **shuā mătŏng**	澆花 浇花 **jiāo huā**
割草 **gē căo**	縫衣服 **féng yīfú**	做飯 做饭 **zuò fàn**

(2) Exercice à deux – Dites à votre camarade les tâches ménagères que vous faites souvent.

(3) Expression orale – A la maison, quelles tâches ménagères les parents doivent-ils donner à leurs enfants ? Pourquoi ?

(4) Débat – Les élèves débattent des questions suivantes: quelles tâches ménagères les hommes et les femmes font-ils à la maison ? Pourquoi ?

3. Présentez la famille de votre camarade :

(1) Préparez une photo de votre famille et remplissez le tableau ci-dessous (partie gauche).

(2) Travaillez avec un camarade. Présentez-lui votre famille sur la photo. Ensuite, vous écoutez la présentation de votre camarade et remplissez la partie droite du tableau.

(3) Présentez la famille de votre camarade devant la classe.

我家人的照片	＿＿＿＿家人的照片
☆照片裡有＿＿。	☆照片裡有＿＿。
☆這張照片是＿＿＿＿＿＿＿＿＿＿ 的時候拍的。	☆這張照片是＿＿＿＿＿＿＿＿＿＿ 的時候拍的。
☆（V 著的人）＿＿＿＿＿＿＿是爸爸， 他是＿＿＿＿＿＿＿（職掌）。 ＿＿＿＿＿＿＿是媽媽，她是＿＿＿＿＿。…	☆（V 著的人）＿＿＿＿＿＿＿是爸爸， 他是＿＿＿＿＿＿＿（職掌）。 ＿＿＿＿＿＿＿是媽媽，她是＿＿＿＿＿。…
☆＿＿＿＿＿的生日是＿＿＿＿＿。	☆＿＿＿＿＿的生日是＿＿＿＿＿。
☆爸爸不只喜歡＿＿＿＿，而且也喜歡 ＿＿＿＿＿（興趣）。 媽媽不但喜歡＿＿＿＿，也喜歡＿＿ ＿＿（興趣）。…	☆爸爸不只喜歡＿＿＿＿，而且也喜歡 ＿＿＿＿＿（興趣）。 媽媽不但喜歡＿＿＿＿，也喜歡＿＿ ＿＿（興趣）。…
☆	☆
我家人的照片	＿＿＿＿家人的照片
☆照片里有＿＿＿＿＿＿＿＿＿＿＿＿＿＿＿＿＿＿＿＿＿＿＿＿＿＿＿＿＿＿＿＿＿＿＿＿＿＿。	☆照片里有＿＿＿＿＿＿＿＿＿＿＿＿＿＿＿＿＿＿＿＿＿＿＿＿＿＿＿＿＿＿＿＿＿＿＿＿＿＿。

☆这张照片是_____ 　的时候拍的。 ☆（Ｖ着的人）_____是爸爸， 　他是_____（职掌）。 　_____是妈妈，她是_____。… ☆_____的生日是_____。 ☆爸爸不只喜欢_____，而且也喜欢 　_____（兴趣）。 　妈妈不但喜欢_____，也喜欢____ 　____（兴趣）。… ☆	☆这张照片是_____ 　的时候拍的。 ☆（Ｖ着的人）_____是爸爸， 　他是_____（职掌）。 　_____是妈妈，她是_____。… ☆_____的生日是_____。 ☆爸爸不只喜欢_____，而且也喜欢 　_____（兴趣）。 　妈妈不但喜欢_____，也喜欢____ 　____（兴趣）。… ☆

II 讀一讀 读一读

家庭親屬表 家庭亲属表 Arbre généalogique d'une famille

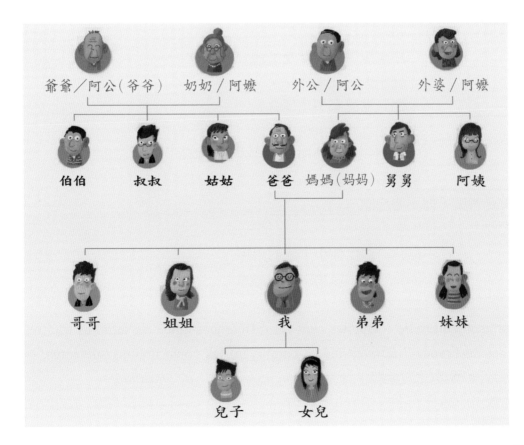

回答問題　回答问题　Fragen：

1. 爸爸的媽媽叫＿＿＿＿＿＿　爸爸的妈妈叫＿＿＿＿＿＿
2. 媽媽的媽媽叫＿＿＿＿＿＿　妈妈的妈妈叫＿＿＿＿＿＿
3. 爸爸的妹妹叫＿＿＿＿＿＿　爸爸的妹妹叫＿＿＿＿＿＿
4. 媽媽的哥哥叫＿＿＿＿＿＿　妈妈的哥哥叫＿＿＿＿＿＿
5. 你家有什麼親戚？＿＿＿＿＿＿＿＿＿＿＿＿＿＿＿＿＿＿＿＿＿
　 你家有什么亲戚？＿＿＿＿＿＿＿＿＿＿＿＿＿＿＿＿＿＿＿＿＿

III 寫一寫 写一写

1. Complétez les phrases ci-dessous avec le bon mot d'interjection :

喔	哇	呀	啊	嘛
喔	哇	呀	啊	嘛

⑴朋友就是要互相幫忙＿＿＿＿＿＿！
　 朋友就是要互相帮忙＿＿＿＿＿＿！
⑵你舅舅看起來好嚴肅＿＿＿＿＿＿！
　 你舅舅看起来好严肃＿＿＿＿＿＿！
⑶對＿＿＿＿＿＿！這家飯館兒又好吃又便宜。
　 对＿＿＿＿＿＿！这家饭馆儿又好吃又便宜。
⑷是＿＿＿＿＿＿！他一點兒家事也不會做。
　 是＿＿＿＿＿＿！他一点儿家事也不会做。
⑸好＿＿＿＿＿＿！我們一起去參加小真的生日派對。
　 好＿＿＿＿＿＿！我们一起去参加小真的生日派对。
⑹明天要考試，你不要忘記＿＿＿＿＿＿！
　 明天要考试，你不要忘记＿＿＿＿＿＿！
⑺＿＿＿＿＿＿！你有一個比你小十歲的弟弟＿＿＿＿＿＿！
　 ＿＿＿＿＿＿！你有一个比你小十岁的弟弟＿＿＿＿＿＿！

2. Comparaison culturelle – Quelles sont les différences entre les familles traditionnelles et modernes en France ? Écrivez-les en employant les constructions suivantes: « V+zhe », « bùrú... », « bùzhǐ..., érqiě... », « V+dào », « shòudào ...de yǐngxiǎng »
文化比較：認識你和朋友家庭以後，請你想一想，法國以前跟現在的家庭有什麼樣的

改變？對家庭的看法又有哪些變化？請寫下來。（要求句型：V著、V的N、不如、不只…而且也、V到、受到…的影響）

文化比较：认识你和朋友家庭以后，请你想一想，法国以前跟现在的家庭有什么样的改变？对家庭的看法又有哪些变化？请写下来。（要求句型：V着、V的N、不如、不只…而且也、V到、受到…的影响）

八、文化註解　文化注解　Notes culturelles

現代中國版圖演變　现代中国版图演变
La constitution du territoire étendu de la Chine moderne

La Chine, que ce soit sous sa gouverne ou sous le joug de l'occupation étrangère, a vu ses frontières d'origine s'étendre considérablement au fil des siècles, à partir des deux foyers principaux connus de la civilisation chinoise : au nord-ouest du pays actuel, la plaine centrale (中原 中原, *zhōngyuán*) du cours inférieur du fleuve jaune (黃河 黄河, *huánghé*), et, au sud-ouest de la Chine d'aujourd'hui, la plaine « rouge » du Sichuan (四川盆地 四川盆地, *sìchuān péndì*)

Le phénomène de colonisation intérieure du territoire par l'ethnie qui sera plus tard appelée « *han* » (漢族 汉族, *hànzú*) a commencé dès les royaumes antiques : sous la dynastie des Xia (夏朝 夏朝, *Xià cháo* : -2000 à -1600), puis sous la dynastie des Shang (商朝 商朝, *Shāng cháo* : -1600 ou -1570 à -1045), puis celle des Zhou (周朝 周朝, *Zhōu cháo* : -1045 à -246). Poursuivie par le Premier empire, sous la brève dynastie Qin (秦朝 秦朝, *Qín cháo* : -221 à -206), elle a continué jusqu'à l'actuelle République populaire de Chine. Depuis sa fondation en 1949, la Chine communiste n'a eu de cesse de vouloir récupérer et consolider des frontières portées à leur extension maximale par l'Empire mandchou (大清國 大清国, *dà Qīng guó* : 1636-1912), et que la Chine républicaine, avant elle, n'avait pas réussi à récupérer, après sa proclamation en 1912.

Le dernier empire à contrôler la Chine n'était à l'origine donc pas chinois, mais mandchou. En tant que telle, la « Mandchourie » n'existait pas avant l'invasion de la Chine par Nurhachi, un chef de clan des Jürchen (女眞 女真, *nǚzhēn*), peuple du Nord considéré par les Chinois comme « barbare », mais ayant fait jusque-là allégeance aux Ming (明朝 明朝, *Míng cháo* : 1368-1644). Les Jürchen étaient les descendants d'une ancienne dynastie sinisée, les Jin (金朝 金朝, *Jīn cháo* : 1115-1234), partie également de cette contrée, et qui avait conquis une partie de la Chine des Song (宋朝 宋朝, *Sòng cháo* : 960-1279), avant d'en être délogée par les Mongols établissant en Chine une courte dynastie, également non-chinoise : les Yuan (元朝 元朝, *Yuán cháo* : 1271-

1368).

Population partiellement nomade, les Jürchen vivaient sur un vaste territoire situé entre la Chine au sud-ouest, la Sibérie au Nord, la Mongolie à l'ouest, et la Corée au sud-est. En 1616, Nuhrachi, après avoir unifié les clans jürchen et rallié des populations mongoles et chinoises, se proclama Khan, obtenant l'allégeance des derniers Yuan chassés de Chine par les Ming en 1368. Nuhrachi dénonça son allégeance à la dynastie des Ming. Il commença à lui faire la guerre, ayant organisé les populations ralliées en système de « bannières », regroupant ces tribus en une organisation sociale et militaire, et selon leur degré et la précocité de leur allégeance. Son fils et successeur, Huang Taiji, en recevant le sceau des Yuan en 1636, changea le nom de la nouvelle dynastie (les Jin postérieurs) en « Grand Qing » (大清 大清, *Dà Qīng*).

Les Chinois se protégeaient de ces anciens feudataires devenus encombrants par les derniers tronçons est de la Grande muraille (萬里長城 万里长城, *wànlǐ chángchéng*), laquelle arrivait des steppes et des montagnes de l'ouest pour plonger dans golfe de la Bohai (渤海灣 渤海湾, *bóhǎiwān*) à la passe de Shanhai (山海關 山海关, *shānhǎiguān*). C'est par cette passe que les Jürchen réunis sous la nouvelle dynastie des Qing, entrèrent en Chine, en 1644, lors de l'effondrement de la dynastie des Ming sur fond de guerre civile et de concurrence entre clans chinois pour la proclamation d'une nouvelle dynastie.

Les Qing se dirent alors « Mandchous », rebaptisant leur territoire d'origine, en chinois, 滿洲 满洲, *Mǎnzhōu* (en français « Mandchourie », le terme est bien postérieur), pour signifier leurs origines, tout en installant leur second empereur sur le trône du Fils du Ciel (天子 天子, *tiānzǐ*). La « Chine des dix-huit provinces » (中國十八省 中国十八省, *Zhōngguó shíbā shěng*), soit la Chine historique des Ming, fut ainsi la première conquête territoriale des nouveaux Mandchous, colonisée par étapes entre 1644 et 1662. Après quoi les conquérants n'eurent de cesse, jusqu'à Qianlong (乾隆 乾隆, *Qián lóng* r. 1735-1796), d'intégrer de nouveaux territoires à leur empire.

De là vient l'erreur communément commise d'une extension maximale des frontières de la Chine au XVIIIe siècle : c'est bien de l'Empire mandchou dont il s'agit, et non de la Chine, elle-même colonisée et asservie. Et les révolutionnaires chinois de 1912, qui abattirent la dynastie Qing précisément au motif qu'elle était *étrangère*, eurent cependant tôt fait d'oublier son caractère non-chinois, dès lors qu'il leur importa de récupérer les frontières de cet empire mandchou qu'ils avaient précipité dans la chute. Ils reprirent donc à leur compte une confusion régnant partout ailleurs entre « empire mandchou » et « empire chinois », soudain devenus synonymes en Chine même, pour le bien de la nouvelle cause nationale. Pourtant la Chine, sous les Mandchous, n'était pas un sujet de droit international : c'était bien l'empire Qing qui signait les traités internationaux.

第二課 大學生活 第二课 大学生活
Leçon 2 : La vie d'étudiant

🎧 一、課文 课文 Textes

對話：社團 对话：社团
Dialogue : Association étudiante

A la rentrée, les étudiants sont occupés non seulement par le choix des cours, mais aussi par la sélection des associations étudiantes. Dans le campus se trouvent pas mal de stands d'associations visant à attirer des étudiants.

Caractères traditionnels

馬　丁：哇！今天學校可真熱鬧。為什麼這麼多人在校園裡擺攤位呢？

小　真：他們都是學校社團的攤位。每個學期開學的時候，學生們都可以選擇一、兩個社團參加。這些人都是社團派出來說明社團的內容並且吸引學生去參加的。

尼古拉：是啊！我去年也參加了籃球社和魔術社，很有意思！每個

禮拜練習兩次籃球和一次魔術。社團活動除了讓我學到不少東西以外，這也是學習漢語和交朋友的好方法喔！

小　　眞：沒錯！我在社團裡也交到幾個好朋友。我參加街舞社，下課以後，常常和社團的朋友一起練習跳舞，有時候還參加比賽呢！跳舞可以讓我忘掉一些壓力和煩惱。

馬　　丁：你們說得我也心動了。除了你們參加的社團以外，還有什麼有趣的社團可以給我介紹介紹呢？

小　　眞：你平常對什麼有興趣呢？

馬　　丁：我對下棋很有興趣，可是常常找不到人跟我一起下棋。不知道有沒有這樣的社團？

小　　眞：當然有哇！參加棋藝社你除了可以找到不少棋友，同時也可以學到各種各樣的棋。

尼古拉：聽起來眞不錯！這可說是「一舉兩得」呢！像我參加籃球社，我們社團就請了一位籃球教練指導我們打籃球，讓我學到了好多技巧。

小　　眞：喔！對了，你參加的魔術社怎麼樣？我對魔術社很好奇，可惜我沒有時間參加。

尼古拉：很好玩。我小的時候看魔術表演覺得好神奇，現在我知道很多魔術的技巧，以後我可以變幾個小魔術給你看看。

馬　　丁：好酷啊！我們去找找棋藝社的攤位吧！我也希望有人能教我一些下棋的技巧，才能進步。小眞，請問參加社團要繳費嗎？

小　　眞：不用。學校的社團都是免費的，這是學校爲了減輕學生學習的壓力而成立的，要不然生活中只有念書就太無聊了，不是嗎？

尼古拉：就是嘛！我們不但要從書中學習知識，也要從社團中培養生活的樂趣呀！

Caractères simplifiés

马　丁：哇！今天学校可真热闹。为什么这么多人在校园里摆摊位呢？

小　真：他们都是学校社团的摊位。每个学期开学的时候，学生们都可以选择一、两个社团参加。这些人都是社团派出来说明社团的内容并且吸引学生去参加的。

尼古拉：是啊！我去年也参加了篮球社和魔术社，很有意思！每个礼拜练习两次篮球和一次魔术。社团活动除了让我学到不少东西以外，这也是学习汉语和交朋友的好方法喔！

小　真：没错！我在社团里也交到几个好朋友。我参加街舞社，下课以后，常常和社团的朋友一起练习跳舞，有时候还参加比赛呢！跳舞可以让我忘掉一些压力和烦恼。

马　丁：你们说得我也心动了。除了你们参加的社团以外，还有什么有趣的社团可以给我介绍介绍呢？

小　真：你平常对什么有兴趣呢？

马　丁：我对下棋很有兴趣，可是常常找不到人跟我一起下棋。不知道有没有这样的社团？

小　真：当然有哇！参加棋艺社你除了可以找到不少棋友，同时也可以学到各种各样的棋。

尼古拉：听起来真不错！这可说是「一举两得」呢！像我参加篮球社，我们社团就请了一位篮球教练指导我们打篮球，让我学到了好多技巧。

小　真：喔！对了，你参加的魔术社怎么样？我对魔术社很好奇，可惜我没有时间参加。

尼古拉：很好玩。我小的时候看魔术表演觉得好神奇，现在我知道很多魔术的技巧，以后我可以变几个小魔术给你看看。

马　丁：好酷啊！我们去找找棋艺社的摊位吧！我也希望有人能教我一些下棋的技巧，才能进步。小真，请问参加社团要缴费吗？

小　真：不用。學校的社團都是免費的，這是學校為了減輕學生學習的壓力而成立的，要不然生活中只有念書就太無聊了，不是嗎？

尼古拉：就是嘛！我們不但要從書中學習知識，也要從社團中培養生活的樂趣呀！

 ## 問題 问题 Questions

1. 尼古拉去年參加了哪兩個社團？　尼古拉去年参加了哪两个社团？

....

2. 小真覺得跳舞有什麼好處？　小真觉得跳舞有什么好处？

....

3. 為什麼參加社團會一舉兩得呢？　为什么参加社团会一举两得呢？

....

4. 參加學校社團要繳多少錢？　参加学校社团要缴多少钱？

....

5. 學校為什麼要成立社團呢？　学校为什么要成立社团呢？

....

文章：選課　文章：选课
Texte : Inscription (choix des cours)

Caractères traditionnels

　　大學已開學一週，可是包括不少公私立大學的學生都還選不到課，出現學生大排長龍選課的情況，許多新生連最低學分數都選不到。

　　拿某大學來說，十三日開學，十九到廿二日加退選，這段期間學分「太少」的學生，一定要想辦法找老師加簽。但今年校方規定，只有不能在網路上選的課，才能夠請老師加簽。只有四學分的小謝忙了半天，學分還是不夠，還好昨天加退選補了九個學分，加起來剛好達到最低學分數。

　　但是她說，她和家人跟學校抗議，爲什麼繳了兩萬五的學費，還是沒有必修課可上。以另外一所大學爲例，選課分爲三階段，前兩階段電腦選課，第三階段人工加退選。學生如果要上熱門課程，人工加退選時，從半夜就得開始排隊。

　　教育部表示，學校如果讓學生連必修課都選不到，甚至影響畢業，選課機制就有問題，應該要改善。

Caractères simplifiés

　　大学已开学一周，可是包括不少公私立大学的学生都还选不到课，出现学生大排长龙选课的情况，许多新生连最低学分数都选不到。

　　拿某大学来说，十三日开学，十九到廿二日加退选，这段期间学分「太少」的学生，一定要想办法找老师加签。但今年校方规定，只有不能在网路上选的课，才能够请老师加签。只有四学分的小谢忙了半天，学分还是不够，还好昨天加退选补了九个学分，加起来刚好达到最低学分数。

　　但是她说，她和家人跟学校抗议，为什么缴了两万五的学费，还是没有必修课可上。以另外一所大学为例，选课分为三阶段，前两阶段电脑选课，第三阶段人工加退选。学生如果要上热门课程，人工加退选时，从半夜就得开始排队。

　　教育部表示，学校如果让学生连必修课都选不到，甚至影响毕业，选课机制就有问题，应该要改善。

問題 问题 **Questions**

1. 課文裡的大學加退選時間是什麼時候？　課文里的大学加退选时间是什么时候？

2. 今年只有什麼樣的課才能找老師加簽？　今年只有什么样的课才能找老师加签？

3. 小謝每個學期要繳多少學費？　小谢每个学期要缴多少学费？

4. 另一所大學的選課分幾階段？分別是什麼階段？
   另一所大学的选课分几阶段？分别是什么阶段？

二、生詞 生词 Vocabulaire ◀»

對話 对话 Dialogue

	生詞 生词 mot	簡體 简体 Caractères simplifié	拼音 拼音 Pinyin	解釋 解释 signification
1	社團	社团	*shètuán*	association étudiante
2	活動	活动	*huódòng*	activité
3	擺	摆	*bǎi*	mettre, placer
4	攤位	摊位	*tānwèi*	stand
5	擺攤位	摆摊位	*bǎi tānwèi*	installer (un) stand
6	吸引	吸引	*xīyǐn*	attirer
7	選擇	选择	*xuǎnzé*	choisir ; sélectionner
8	派	派	*pài*	envoyer (quelqu'un)
9	出來	出来	*chūlái*	sortir ; [placé après le verbe] résultatif marquant la direction d'une action

生詞 生词 mot	簡體 简体 Caractères simplifié	拼音 拼音 Pinyin	解釋 解释 signification
10 說明	说明	*shuōmíng*	expliquer
11 並且	并且	*bìngqiě*	en plus
12 魔術	魔术	*móshù*	magie
13 交朋友	交朋友	*jiāo péngyǒu*	se faire des amis
14 街舞	街舞	*jiēwǔ*	[anglicisme] Street dance (style de danse venant principalement des États-Unis)
15 有時候	有时候	*yǒushíhòu*	parfois ; de temps en temps
16 讓	让	*ràng*	laisser ; demander (à quelqu'un de faire ...)
17 忘掉	忘掉	*wàngdiào*	oublier
18 煩惱	烦恼	*fánnǎo*	ennui ; souci
19 心動	心动	*xīndòng*	être excité, stimulé et enthousiaste
20 對…有興趣	对…有兴趣	*duì...yǒu xìngqù*	s'intéresser à… ; être intéressé par…
21 下棋	下棋	*xià qí*	jouer aux échecs
22 棋藝	棋艺	*qíyì*	art de jeux d'échecs
23 棋友	棋友	*qí yǒu*	ami avec qui on joue aux échecs
24 同時	同时	*tóngshí*	en même temps, à la fois, simultanément
25 各種各樣的	各种各样的	*gèzhǒng gèyàng de*	divers(es), varié(e)s
26 教練	教练	*jiàoliàn*	coach, entraîneur
27 指導	指导	*zhǐdǎo*	guider ; diriger
28 技巧	技巧	*jìqiǎo*	technique
29 好奇	好奇	*hàoqí*	curieux(se)
30 表演	表演	*biǎoyǎn*	spectacle, représentation artistique ou de divertissement donné en public

	生詞 生词 mot	簡體 简体 Caractères simplifié	拼音 拼音 Pinyin	解釋 解释 signification
31	神	神	*shén*	dieu
32	神奇	神奇	*shénqí*	magnifique
33	酷	酷	*kù*	[anglicisme] cool
34	進步	进步	*jìnbù*	faire des progrès
35	繳費	缴费	*jiǎofèi*	régler des frais
36	免	免	*miǎn*	dispenser de
37	免費	免费	*miǎnfèi*	gratuit, sans frais
38	為了	为了	*wèile*	pour (+ objectif), afin de
39	減輕	减轻	*jiǎnqīn*	atténuer (pression, douleur, souffrance, etc.)
40	成立	成立	*chénglì*	établir ; instituer
41	培養	培养	*péiyǎng*	cultiver, développer par une discipline morale ou intellectuelle
42	樂趣	乐趣	*lèqù*	intérêt

文章 文章 Texte

	生詞 生词 mot	簡體 简体 Caractères simplifié	拼音 拼音 Pinyin	解釋 解释 signification
1	包括	包括	*bāokuò*	inclure, comprendre
2	公立	公立	*gōnglì*	public (pour les établissements d'enseignement gérés par l'État)
3	私立大學	私立大学	*sīlì dàxué*	établissement d'enseignement supérieur privé
4	出現	出现	*chūxiàn*	paraître, apparaître
5	新生	新生	*xīnshēng*	étudiant(e) venant d'entrer en première année
6	連…都…	连…都…	*lián... dōu...*	même...

	生詞 生词 mot	簡體 简体 Caractères simplifié	拼音 拼音 Pinyin	解釋 解释 signification
7	學分	学分	*xuéfēn*	crédit (comme ECTS), unité de valeur de l'enseignement universitaire
8	學分數	学分数	*xuéfēnshù*	nombre de crédits
9	某	某	*mǒu*	certain(e) (sert à désigner une personne ou une chose inconnue)
10	廿	廿	*niàn*	vingt (seulement utilisé à l'écrit)
11	加退選	加退选	*jiā tuì xuǎn*	sélectionner ou désélectionner (pour le choix des cours en ligne)
12	段	段	*duàn*	(classificateur pour période)
13	期間	期间	*qíjiān*	période
14	加簽	加签	*jiā qiān*	approbation (du professeur pour s'inscrire à tel ou tel cours)
15	校方	校方	*xiàofāng*	école (employé au sens d'« autorité scolaire »
16	規定	规定	*guīdìng*	règlement ; réglementation
17	只有…	只有…	*zhǐyǒu*	il y a seulement… ; n'avoir que…
18	半天	半天	*bàntiān*	demi-journée ; longtemps
19	補	补	*bǔ*	compléter
20	剛好	刚好	*gānghǎo*	justement
21	達到	达到	*dádào*	atteindre
22	抗議	抗议	*kàngyì*	protester
23	必修課	必修课	*bìxiū kè*	cours obligatoire
24	另外	另外	*lìngwài*	autre ; d'autres ; par ailleurs, en outre
25	分為	分为	*fēn wéi*	se diviser en
26	階段	阶段	*jiēduàn*	phase, étape

生詞 生词 mot	簡體 简体 **Caractères** **simplifié**	拼音 拼音 **Pinyin**	解釋 解释 **signification**
27 人工	人工	*réngōng*	artificiel ; travail à la main ; manuellement
28 熱門	热门	*rèmén*	populaire, bien accueilli par la majorité des gens concernés
29 課程	课程	*kèchéng*	programme de cours
30 半夜	半夜	*bànyè*	au milieu de la nuit
31 排隊	排队	*páiduì*	faire la queue
32 教育部	教育部	*jiàoyù bù*	Ministère de l'Éducation
33 表示	表示	*biǎoshì*	exprimer
34 甚至	甚至	*shènzhì*	voire, et même
35 機制	机制	*jīzhì*	système ; mécanisme
36 改善	改善	*gǎishàn*	améliorer

🎧 一般練習生詞 一般练习生词 Vocabulaire supplémentaire

生詞 生词 mot	簡體 简体 **Caractères** **simplifié**	拼音 拼音 **Pinyin**	解釋 解释 **signification**
1 報關	报关	*bàoguān*	déclaration en douane
2 比不上	比不上	*bǐbúshàng*	être inférieur à, être de qualité moins bonne que, ne pas être à la hauteur de
3 大提琴	大提琴	*dàtíqín*	violoncelle
4 簡單	简单	*jiǎndān*	simple
5 寬	宽	*kuān*	large, grand d'un côté à l'autre
6 李英	李英	*Lǐ Yīng*	Li Ying (nom et prénom)
7 理想	理想	*lǐxiǎng*	idéal
8 旅遊	旅游	*lǚyóu*	voyage
9 年紀	年纪	*niánjì*	âge (de quelqu'un)
10 篇	篇	*piān*	(classificateur pour article, texte, prose, etc.)

	生詞 生词 mot	簡體 简体 Caractères simplifié	拼音 拼音 Pinyin	解釋 解释 signification
11	認真	认真	*rènzhēn*	sérieux(se), consciencieux(se)
12	態度	态度	*tàidù*	attitude
13	外語	外语	*wàiyǔ*	langue étrangère
14	約會	约会	*yuēhuì*	rendez-vous ; rencontre

三、語法練習 语法练习 Grammaire

 Adverbe « 可 可 *kě* »

Souvent employé à l'oral, l'adverbe « 可 可 *kě* » exprime une insistance, ou un inattendu.

 試試看：以「可」造句。　試試看：以「可」造句。

例 例 Exemple：

哇！今天學校眞熱鬧！→哇！今天可眞熱鬧！

哇！今天学校真热闹！→哇！今天可真热闹！

1. 你這學期眞用功啊！→

　你这学期真用功啊！→

2. 年紀大了，千萬別熬夜啊！→

　年纪大了，千万别熬夜啊！→

3. 這次出差到英國，天氣眞冷啊！→

　这次出差到英国，天气真冷啊！→

4. 明天的約會別忘了！→

　明天的约会别忘了！→

5. 這家烤鴨眞好吃，下次再來！→

　这家烤鸭真好吃，下次再来！→

Leçon 2

II Syntaxe « sujet 1 + 讓 让 *ràng* + sujet 2 + verbe 2 + complément »

S1	讓 让	(O1) S2	SV/VP
跳舞 跳舞	讓 让	我 我	忘掉一些壓力和煩惱。 忘掉一些压力和烦恼。

Dans cette structure, le verbe « 讓 让 *ràng* » peut signifier « demander » ou « laisser » selon un contexte. Il établit un lien de causalité entre sujet 1 et sujet 2. Le sujet 1 est l'agent du verbe « 讓 让 *ràng* », le sujet 2 est à la fois l'objet du verbe « 讓 让 *ràng* » et l'agent du verbe 2. Regardons les deux exemples suivants :

1. 我們寫一篇文章。 我们写一篇文章。（Nous rédigeons un texte.）
   老師讓我們寫一篇文章。 老师让我们写一篇文章。（Le professeur nous demande de rédiger un texte.）
2. 我忘掉一些壓力和煩惱。 我忘掉一些压力和烦恼。（J'ai oublié des pressions et des ennuis.）
   跳舞讓我忘掉一些壓力和煩惱。 跳舞让我忘掉一些压力和烦恼。（La danse me laisse oublier des pressions et des ennuis.）

試試看：以「S1 讓 S2 (O1) VP」造句。
试试看：以「S1 让 S2 (O1) VP」造句。

例 例 Exemple：

跳舞可以讓我忘掉一些壓力和煩惱。 跳舞可以让我忘掉一些压力和烦恼。

1. 運動可以讓人 运动可以让人

2. 學外語可以讓我 学外语可以让我

3. 參加社團可以讓我 参加社团可以让我

4. 這個禮物 这个礼物

5. 打工 打工

III Syntaxe « (proposition 1), verbe + 得 得 *de* + proposition 2 »

Cette structure marque une relation de causse à effet. La proposition 1 est la cause. La proposition 2, « complément du « verbe + 得 得 *de* », exprime l'effet.

你們說這麼多。　你们说这么多。（Vous avez parlé tellement [de choses, d'avantages...]）

我也心動了。　我也心动了。（J'ai aussi fini par être saisi (avoir envie).）

你們說這麼多，說得我也心動了。　你们说这么多，說得我也心动了。（Vous avez parlé tellement [de choses, d'avantages...], cela ça a fini par me donner aussi envie.）

 試試看：以 « (proposition 1), V. + 得 + proposition 2 » 造句。
试试看：以 « (proposition 1), V. + 得 + proposition 2 » 造句。

例 例 Exemple：

你們說這麼多，說得我也心動了。（心動）
你们说这么多，说得我也心动了。（心动）

1. 張先生吃了很多，　　　　　　　　　　　　　　　。（走不動了）
　　張先生吃了很多，　　　　　　　　　　　　　　　。（走不动了）

2. 我們一直聊天，　　　　　　　　　　　　　　　　。（忘了吃飯了）
　　我们一直聊天，　　　　　　　　　　　　　　　　。（忘了吃饭了）

3. 他打了好幾個小時的籃球，　　　　　　　　　　　。
　　他打了好几个小时的篮球，　　　　　　　　　　　。

4. 小紅看了好久的書，　　　　　　　　　　　　　　。
　　小红看了好久的书，　　　　　　　　　　　　　　。

5. 李明彈了一上午的鋼琴，　　　　　　　　　　　　。
　　李明弹了一上午的钢琴，　　　　　　　　　　　　。

Leçon 2

 IV **Construction « 爲了 为了 wèile ... 而 而 ér... »**

Dans cette construction, « 爲了 为了 wèile » est suivi d'un objectif, « 而 而 ér » introduit le moyen d'atteindre cet objectif.

 試試看：以「（爲了）…而」造句。 试试看：以「（为了）…而」造句。

例 例 **Exemple：**

學校的社團都是免費的，這是學校爲了減輕學生學習的壓力而成立的。

学校的社团都是免费的，这是学校为了减轻学生学习的压力而成立的。

1. 你爲什麼熬夜？ 。（趕作業）

你为什么熬夜？ 。（赶作业）

2. 你爲什麼要參加社團？ 。（認識新朋友）

你为什么要参加社团？ 。（认识新朋友）

3. 他們爲什麼天天加班？ 。（多賺一點錢）

他们为什么天天加班？ 。（多赚一点钱）

4. 他爲什麼修了那麼多課？ 。

他为什么修了那么多课？ 。

5. 學生爲什麼從半夜就開始排隊？ 。

学生为什么从半夜就开始排队？ 。

 V **Construction « 連 连 lián ... 都 都 dōu / 也 也 yě... »**

Exprimant une relation de progression, la construction « 連 连 lián ...都 都 dōu / 也 也 yě... » signifie « même... ».

試試看：以「連…都（也）」造句。 試試看：以「连…都（也）」造句。

例 例 Exemple：

許多新生選不到最低學分數。→許多新生連最低學分數都選不到。

许多新生选不到最低学分数。→许多新生连最低学分数都选不到。

1. 這次考試很簡單，小學生也會寫。→ ＿＿＿＿＿＿＿。

   这次考试很简单，小学生也会写。→ ＿＿＿＿＿＿＿。

2. 今年冬天下大雪，火車停開了。→ ＿＿＿＿＿＿＿。

   今年冬天下大雪，火车停开了。→ ＿＿＿＿＿＿＿。

3. 選課很難，很多學生選不到必修課。→ ＿＿＿＿＿＿＿。

   选课很难，很多学生选不到必修课。→ ＿＿＿＿＿＿＿。

4. 這個菜很簡單，我會做。→ ＿＿＿＿＿＿＿。

   这个菜很简单，我会做。→ ＿＿＿＿＿＿＿。

5. 那條路很寬，公車開得進去。→ ＿＿＿＿＿＿＿。

   那条路很宽，公车开得进去。→ ＿＿＿＿＿＿＿。

VI Constructions « 拿 拿 *ná* ... 來說 来说 *lái shuō* » et « 以 以 *yǐ* ... 爲例 为例 *wéi lì* »

Toutes les deux constructions signifient « en prenant l'exemple de... ». « 以 以 *yǐ* ...爲例 为例 *wéi lì* » s'emploie souvent à l'oral et pour prendre l'exemple d'une personne ou d'une chose concrète, tandis que « 以 以 *yǐ* ...爲例 为例 *wéi lì* » s'utilise généralement à l'écrit.

 試試看：以「拿…來說」或「以…爲例」造句。
試試看：以「拿…来说」或「以…为例」造句。

例 例 Exemple：

拿某大學來說，這段期間學分「太少」的學生，一定要想辦法找老師加簽。

拿某大学来说，这段期间学分「太少」的学生，一定要想办法找老师加签。

1. 這家餐廳比學校的好多了，拿味道來說，   ！
   这家餐厅比学校的好多了，拿味道来说，   ！

2. 小陳比不上小張，拿工作態度來說，   。
   小陈比不上小张，拿工作态度来说，   。

3. 法國和其他國家不一樣，以啤酒爲例，   ！
   法国和其他国家不一样，以啤酒为例，   ！

4. 我覺得這家銀行比較好，以手續費爲例，   。
   我觉得这家银行比较好，以手续费为例，   。

5. 這家公司，每個人的工作都不一樣，以秘書爲例，   。
   这家公司，每个人的工作都不一样，以秘书为例，   。

VII Construction « 在 在 *zài*... 上 上 *shàng* »

La construction « 在 在 *zài*...上 上 *shàng* » signifie « sous l'aspect de... ». Ici « 上 上 *shàng* » désigne un « aspect ».

試試看：把「在…上」放在適合的位置。
试试看：把「在…上」放在适合的位置。

例 例 Exemple：

只有不能在網路上選的課，才能夠請老師加簽。
只有不能在网路上选的课，才能够请老师加签。

1. 因爲學習不認眞，所以他這次考試考得不太好。
   因为学习不认真，所以他这次考试考得不太好。

   →

   →

2. 轉機比較方便，所以林先生換了機票。
   转机比较方便，所以林先生换了机票。

→

→

3. 這個包裹包裝不合規定，才被退回。

这个包裹包装不合规定，才被退回。

→

→

4. 小王工作有很多問題，所以他請朋友幫忙。

小王工作有很多问题，所以他请朋友帮忙。

→

→

5. 他貿易的經驗不夠，所以總經理不錄取他。

他贸易的经验不够，所以总经理不录取他。

→

→

四、慣用語 惯用语 **Expressions courantes**

1. 一舉兩得 一举两得 *yì jǔ liǎng dé*

Cette expression figée peut se traduire littéralement comme « un comportement, deux obtentions ». Elle signifie qu'une seule action peut amener deux bons effets.

比喻一種舉動同時獲得兩種好處。

比喻一种举动同时获得两种好处。

例：騎自行車旅遊不但可以運動，還可以欣賞風景，真是一舉兩得。

例：骑自行车旅游不但可以运动，还可以欣赏风景，真是一举两得。

2. 大排長龍 大排长龙 *dà pái chánglóng*

Cette tournure idiomatique peut se traduire littéralement comme « grande rangée, grand dragon ». Elle exprime que la file d'attente est très longue, comme un grand dragon.

比喻排隊排很長，就好像龍的身體一樣。

比喻排队排很长，就好像龙的身体一样。

例：這家餐廳的菜很好吃，所以每天門口都大排長龍。

例：这家餐厅的菜很好吃，所以每天门口都大排长龙。

🎧 五、口語／聽力練習 口语／听力练习
Expression / Compréhension orale

(一) Utilisez les mots ci-dessous et parlez de la vie d'étudiant.

理想的　大學生活　選課　學分　參加　各種各樣　社團　打工

理想的　大学生活　选课　学分　参加　各种各样　社团　打工

安排時間　休息

安排时间　休息

(二) Écoutez l'enregistrement audio et choisissez entre « vrai » ou « faux ».

	對 对	錯 错
1. 李英是大學二年級的學生。 李英是大学二年级的学生。	☐ ☐	☐ ☐
2. 朋友們覺得李英選十五個學分不太多。 朋友们觉得李英选十五个学分不太多。	☐ ☐	☐ ☐
3. 李英學校的社團很多。 李英学校的社团很多。	☐ ☐	☐ ☐
4. 因為李英喜歡跳舞，所以他每天練習。 因为李英喜欢跳舞，所以他每天练习。	☐ ☐	☐ ☐
5. 李英在學校附近的圖書館打工。 李英在学校附近的图书馆打工。	☐ ☐	☐ ☐
6. 李英最近做什麼事都做不好。 李英最近做什么事都做不好。	☐ ☐	☐ ☐

(三) Écoutez à nouveau l'enregistrement audio, afin de compléter les mots manquants dans les phrases ci-dessous.

1. 李英覺得＿＿＿＿＿沒事做，＿＿＿＿＿多選幾門課。

李英觉得＿＿＿＿＿没事做，＿＿＿＿＿多选几门课。

2. 李英一看到學校有＿＿＿＿，看得他都＿＿＿＿了。

　李英一看到学校有＿＿＿＿，看得他都＿＿＿＿了。

3. 參加熱舞社＿＿＿＿不輕鬆，他們為了＿＿＿＿，差不多每天都要練習，連＿＿＿＿都得到學校跳舞。

　參加热舞社＿＿＿＿不轻松，他们为了＿＿＿＿，差不多每天都要练习，连＿＿＿都得到学校跳舞。

4. 李英不只要＿＿＿＿、＿＿＿＿，而且也＿＿＿＿打工。一星期＿＿＿＿，一次＿＿＿＿小時。

　李英不只要＿＿＿＿、＿＿＿＿，而且也＿＿＿＿打工。一星期＿＿＿＿，一次＿＿＿＿小时。

5. 功課、社團和打工＿＿＿＿他忙得＿＿＿＿都沒有。

　功课、社团和打工＿＿＿＿他忙得＿＿＿＿都没有。

6. 朋友們都覺得李英看起來＿＿＿＿剛開學的時候快樂了。

　朋友们都觉得李英看起来＿＿＿＿刚开学的时候快乐了。

7. 李英不快樂是因為在＿＿＿＿上的安排有問題。

　李英不快乐是因为在＿＿＿＿上的安排有问题。

(四) Discutez des questions ci-dessous avec vos camarades.

1. 你在大學也參加社團活動嗎？為什麼你參加這個社團？

　你在大学也参加社团活动吗？为什么你参加这个社团？

2. 你除了念書，也打工嗎？你覺得打工對學生有什麼好處和壞處？

　你除了念书，也打工吗？你觉得打工对学生有什么好处和坏处？

六、句子重組　句子重组
Phrases à remettre dans l'ordre

1. 尼古拉　為了～而　學習　各種各樣的　不去上課　魔術技巧，連～都　不睡覺　半夜。

　尼古拉　为了～而　学习　各种各样的　不去上课　魔术技巧，连～都　不睡觉　半夜。

2. 拿～來說　買火車票，排隊　有時候　排了　半天，一張票　連～都　買不到。

　拿～来说　买火车票，排队　有时候　排了　半天，一张票　连～都　买不到。

3. 不但　學生　參加社團　念書壓力　能減輕，好朋友　也　不少　能交到。
　　不但　学生　参加社团　念书压力　能减轻，好朋友　也　不少　能交到。

4. 很難寫　這個字，　都　老師　寫　不會　連。
　　很难写　这个字，　都　老师　写　不会　连。

七、綜合練習 综合练习 Exercices supplémentaires

I 討論 讨论 Discussion

1. Dans le premier texte de la leçon, Xiaozhen a mentionné une « association de jeux d'échecs ». Discutez avec vos camarades des quatre jeux d'échecs sur les photos ci-dessous.

 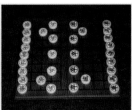  

2. Posez les questions ci-dessous à vos camarades.
　(1) 法國的大學也有社團嗎？ 法国的大学也有社团吗？ Y a-t-il des associations étudiantes en France?
　(2) 有什麼社團？ 有什么社团？ Quelles sortes d'associations étudiantes sont-elles proposées ?
　(3) 你參加了什麼社團？ 你参加了什么社团？ À quelle association étudiante avez-vous adhéré ?
　(4) 為什麼你參加這個社團？ 为什么你参加这个社团？ Pourquoi avez-vous choisi cette association étudiante ?
　(5) 請你介紹一下你參加的社團。 请你介绍一下你参加的社团。 Présentez l'association étudiante où vous étiez adhérent, en utilisant les constructions suivantes : 以…爲例、讓、對…有興趣、(subordonnée 1), verbe + 得 + subordonnée 2、爲了…、在…上 以…为例、让、对…有兴趣、(subordonnée 1), verbe + 得 + subordonnée 2、为了…、在…上

II 說一說 说一说 Exprimez-vous

在中國有一句話：「大學必修三學分：課業、社團、愛情」。你已經修了哪幾個學分？你拿到幾分？你還希望修哪些學分？

（要求句型：連～都、不但～也、是～的、可、A比什麼都重要、甚至、並且、同時、一舉兩得）

在中国有一句话：「大学必修三学分：课业、社团、爱情」。你已经修了哪几个学分？你拿到几分？你还希望修哪些学分？

（要求句型：连～都、不但～也、是～的、可、A比什么都重要、甚至、并且、同时、一举两得）

En Chine, on dit : « A l'université existe trois cours obligatoires : les études, l'association étudiante, et la relation amoureuse». Avez-vous réussi dans tous ces trois formations ? Avez-vous eu de « bonnes notes » ? Sinon dans quel domaine devez-vous encore faire des efforts ?

Exprimez-vous en utilisant les mots / constructions suivants：連…都…、不但…也…、可、…比什麼都重要、甚至、並且、同時、一舉兩得 连…都…、不但…也…、可、…比什么都重要、甚至、并且、同时、一举两得

大學　　　學期成績單位 大学　　　学期成绩单位		
學號： 学号：	姓名： 姓名：	系所： 系所：
科目名稱 科目名称	**學分** 学分	**成績** 成绩

平均成績：　　　　分
平均成绩：　　　　分
得到學分：　　　　分
得到学分：　　　　分

Leçon 2

 III 讀一讀 读一读 Lisez le tableau

Regardez le tableau d'unités de formation et de recherche ci-dessous et dites-nous à quelle formation vous vous intéressez, et pourquoi ?

文學院 文学院	理學院 理学院	社會科學院 社会科学院
國文學系 国文学系	數學系暨研究所 数学系暨研究所	政治學系暨研究所 政治学系暨研究所
外國語文學系 外国语文学系	物理學系暨研究所 物理学系暨研究所	社會學系暨研究所 社会学系暨研究所
歷史學系暨研究所 历史学系暨研究所	化學系暨研究所 化学系暨研究所	新聞研究所 新闻研究所
哲學系暨研究所 哲学系暨研究所	地質學系暨研究所 地质学系暨研究所	社會工作學系 社会工作学系
人類學系暨研究所 人类学系暨研究所	心理學系暨研究所 心理学系暨研究所	法律學系 法律学系
圖書資訊學系 图书资讯学系	地理環境資源學系 地理环境资源学系	
日本語文學系 日本语文学系	天文物理研究所 天文物理研究所	
戲劇學系暨研究所 戏剧学系暨研究所		
藝術史研究所 艺术史研究所		
語言學研究所 语言学研究所		
音樂學研究所 音乐学研究所		
台灣文學研究所 台湾文学研究所		
工學院 工学院	電機資訊學院 电机资讯学院	醫學院 医学院
政治學系暨研究所 政治学系暨研究所	電機工程學系 电机工程学系	醫學系 医学系

社會學系暨研究所
社会学系暨研究所

新聞研究所
新闻研究所

社會工作學系
社会工作学系

法律學系
法律学系

土木工程學系
土木工程学系

機械工程學系
机械工程学系

建築與城鄉研究所
建筑与城乡研究所

工業工程學研究所
工业工程学研究所

醫學工程研究所
医学工程研究所

資訊工程學系
资讯工程学系

資訊網路與多媒體研究所
资讯网路与多媒体研究所

光電工程學研究所
光电工程学研究所

電信工程學研究所
电信工程学研究所

電子工程學研究所
电子工程学研究所

藥學系暨研究所
药学系暨研究所

護理學系暨研究所
护理学系暨研究所

毒理學研究所
毒理学研究所

分子醫學研究所
分子医学研究所

免疫學研究所
免疫学研究所

解剖學暨細胞生物學研究所
解剖学暨细胞生物学研究所

藥理學研究所
药理学研究所

病理學研究所
病理学研究所

法醫學研究所
法医学研究所

腫瘤醫學研究所
肿瘤医学研究所

牙醫學系
牙医学系

 ## IV 寫一寫 写一写 Exercice de rédaction

1. En France, quelle formation est la plus populaire chez les étudiants ? Posez la même question à vos amis taïwanais et chinois.
   哪幾個科系在法國是最受歡迎的？在台灣和中國呢？問問你的台灣朋友和中國朋友。
   哪几个科系在法国是最受欢迎的？在台湾和中国呢？问问你的台湾朋友和中国朋友。

2. Étant étudiant(e), pourquoi vous choisissez telle ou telle formation? Rédigez un texte en utilisant les mots / constructions suivants : 吸引、爲了…而…、讓、對…有興趣、對…很好奇、並且 吸引、为了…而…、让、对…有兴趣、对…很好奇、并且
   你大學讀什麼科系？爲什麼選擇這個科系？
   你大学读什么科系？为什么选择这个科系？

八、文化註解 文化注解 Notes culturelles

帝制時期中國使用的語言 帝制时期中国使用的语言
Les langues de la Chine à l'époque impériale

La Chine telle qu'on la connaît aujourd'hui est issue d'une succession d'empires ayant intégré à la population et aux territoires des origines une multitude de tribus et de populations parsemées sur l'espace qui allait devenir la Chine, intégrant au passage de nombreuses langues et cultures autres. Quelle(s) langue(s) l'administration impériale a-t-elle utilisé pour communiquer dans l'empire ? A-t-elle jamais imposé une *koinè* pour administrer, voire pour unifier un territoire vaste dès l'antiquité ?

Comme tout empire, la Chine comme l'Empire mandchou ont toujours eu sur leur territoire de multiples communautés linguistiques. Cependant, si la Chine historique a surtout regroupé une multitude de langues non-intercompréhensibles mais majoritairement de la même famille sinitique, l'Empire mandchou a rajouté, à travers ses conquêtes, de nombreuses autres langues asiatiques à son territoire. De la famille des langues dites « toungouses » (le mandchou), en première instance. Puis de la famille « mongolique » (les dialectes mongols en Mongolie dite « intérieure »). Enfin des langues « turques » (les dialectes ouïgours avec la conquête de l'est du Turkestan, la « nouvelle frontière » (新疆 新疆, *Xīnjiāng*). Et, selon comment l'on considère les liens entre Tibet et empire mandchou, des langues dites « tibétiques », de la grande famille des langues sino-tibétaines. Le débat existe, puisque ces relations étaient celles d'une reconnaissance, imposée à certaines périodes, de la suzeraineté de l'Empereur mongol, des Ming puis des Mandchou, qui protègent en retour un Dalai-Lama qui est leur maître spirituel. Est-ce une forme de soumission et d'inclusion du Tibet dans l'Empire mandchou (et non de la Chine) ? Ou plus véritablement, une forme pré-moderne d'échange de protections, dans laquelle le Tibet a toujours gardé nominalement son indépendance, et qui, lue aujourd'hui avec le concept de souveraineté, qui n'existait pas à l'époque, conduit, pour justifier l'inclusion du Tibet dans la Chine d'aujourd'hui, à un anachronisme, qui confond souveraineté et suzeraineté, Chine et Empire mandchou ?

Le dernier empire usait de trois langues pour communiquer : le mandchou était sa langue officielle à côté d'une langue chinoise parlée par les lettrés (官話 官话, *guānhuà*) qui usent, jusqu'à la fin de l'Empire, de la langue écrite (文 文, *wén*) classique. Le *guanhua* est ce que nous devrions appeler, rigoureusement, le « mandarin ». Elle était une langue seulement parlée par les fonctionnaires de l'empire, avec une prononciation particulière, dépendant, selon la période, du parler de la capitale du moment. Le *guanhua* n'a ainsi pas toujours été basé sur la langue de Pékin, comme on le croît ; elle l'a d'ailleurs été très peu de temps : alors que les Ming, installés à Nankin en 1368, changent de capitale en 1403 pour Pékin, qui reste capitale des Mandchous jusqu'en 1912, ce n'est qu'à la fin du XIXè siècle que le *guanhua* abandonne le parler de Nankin pour celui de Pékin. La langue officialisée aujourd'hui, que nous appelons, dans les langues occidentales, et par une erreur tenace, le « mandarin », a été inventée au début du XXe siècle. Elle est appelée tour à tour « langue nationale » (國語 国语, *guóyǔ*), sous la République qui reprend un vocable des réformateurs de la fin de l'Empire d'inspiration bourgeoise, puis, en réaction marxiste, « langue commune » (普通話 普通话, *pǔtōnghuà*), sous la République populaire, et nullement « mandarin ». Aujourd'hui, le « 漢語 汉语 » (*hànyǔ*), à l'origine ensemble des « langues sinitiques », et qui sont non-intercompréhensibles, semble être assimilé au seul « mandarin », que la Chine appelle « *langue commune* » quand elle l'emploie pour elle, le qualifiant de « *langue des han* » .

Sous l'empire, les fonctionnaires étaient recrutés par des examens impériaux, dont l'origine remonte à la dynastie han (漢 汉, *hàn* : 206 av. notre ère à 220 de notre ère). Ils constituaient un corps formé par l'apprentissage des canons classiques, la maîtrise du chinois ancien (古典 漢語 古典汉语, *gǔdiǎn hànyǔ* ou *gǔwén*) et du chinois littéraire (文言文 文言文, *wényánwén*) et du « parler mandarin », le *guanhua*. Les mandarins, formés dans les provinces, passant les examens les plus prestigieux à la capitale, partageant la langue écrite classique et apprenant sur le tas la même langue parlée en dépit de la variété de leurs origines régionales, étaient à même de communiquer entre eux et avec la cour, cependant que les populations parlaient, elles, avec une faible mobilité géographique, le parler de leur région, souvent l'une des six grandes langues sinitiques ou l'un de leurs parlers dialectaux.

第三課 交通狀況 第三课 交通状况
Leçon 3 : L'état du trafic

🎧 一、課文 课文 Textes

對話：搭捷運 对话：搭捷运
Dialogue : Prendre le métro

Martin, Nicolas, Xiaozhen et la colocataire de cette dernière prennent le métro pour aller à Tamsui, dans le nord de Taipei. Martin n'a jamais pris le métro de Taipei. Ils se retrouvent devant l'entrée de l'école...

Caractères traditionnels

小　眞：嗨！玉容，我給你介紹介紹，這位是馬丁，剛從法國來，他是尼古拉在法國的同學；馬丁，這位是玉容，她是我的室友，她念音樂系。

玉　容：你好！我常聽小眞提到你。

馬　丁：你好！很高興認識你！

小　眞：馬丁，今天是你第一次坐台北的捷運嗎？

馬　丁：是啊！不知道台北的捷運怎麼樣？為什麼叫捷運呢？很多
　　　　國家都叫地下鐵呀！

小　真：因為台北的捷運不完全在地下，所以不叫地下鐵。捷運就
　　　　是「快速運輸」的意思。

尼古拉：真的嗎？我到現在才知道捷運的意思。

小　真：捷運站到了！我們走下去買票搭車吧！玉容、尼古拉和我
　　　　都有悠遊卡，馬丁就得走過去買票了。

馬　丁：從這兒到淡水的票多少錢？

尼古拉：五十塊，跟法國比起來，台灣的交通費用便宜多了。

小　真：噢！往淡水的捷運快來了，我們快下去排隊上車吧！

（捷運火車進站）

玉　容：最近很多台北人都坐捷運，不開車了，現在是上下班時
　　　　間，車子裡特別擠，我們走進去一點兒。

馬　丁：那兒有兩個空位，你們要不要過去坐？

小　真：噢！那是博愛座，是給老人、小孩和懷孕的女人坐的，年
　　　　輕人坐著是會被罵的。

尼古拉：我剛來的時候也不小心地坐過一次博愛座，很多人用很奇
　　　　怪的眼光看著我，現在想起來真不好意思。

小　真：沒關係！你是「無心之過」，也不是故意的嘛！

馬　丁：這是什麼地方？好多人在這個站下車。

玉　容：這裡是士林，附近有一個很有名的夜市。今天是週末，晚
　　　　上人特別多，擠得不得了！

尼古拉：沒錯！士林夜市是台北最大的夜市，週末晚上肯定人擠
　　　　人，我們改天再帶你去逛逛。

小　真：你放心！我們會帶著你到處去玩的。

馬　丁：你看！這條河兩岸的風景好美啊！

尼古拉：這就是淡水河，淡水就在淡水河出海的地方，也是捷運的
　　　　終點站。

小　真：淡水站快到了，我們要準備下車了。等一下從捷運站出去

往左轉，就到淡水老街了，我們可以邊吃小吃邊欣賞河邊
美麗的日落。

馬　丁：太好了！我等不及要好好兒地看看淡水了。我們可以玩到
幾點呢？

玉　容：最後一班捷運夜裡十二點從淡水站出發，我們可以坐那班
車回台北去。

小　眞：說著說著淡水站就到了，我們下車以後就從2號出口出
去。

Caractères simplifiés

小　真：嗨！玉容，我给你介绍介绍，这位是马丁，刚从法国来，
他是尼古拉在法国的同学；马丁，这位是玉容，她是我的
室友，她念音乐系。

玉　容：你好！我常听小真提到你。

马　丁：你好！很高兴认识你！

小　真：马丁，今天是你第一次坐台北的捷运吗？

马　丁：是啊！不知道台北的捷运怎么样？为什么叫捷运呢？很多
国家都叫地下铁呀！

小　真：因为台北的捷运不完全在地下，所以不叫地下铁。捷运就
是「快速运输」的意思。

尼古拉：真的吗？我到现在才知道捷运的意思。

小　真：捷运站到了！我们走下去买票搭车吧！玉容、尼古拉和我
都有悠游卡，马丁就得走过去买票了。

马　丁：从这儿到淡水的票多少钱？

尼古拉：五十块，跟法国比起来，台湾的交通费用便宜多了。

小　真：噢！往淡水的捷运快来了，我们快下去排队上车吧！

（捷运火车进站）

玉　容：最近很多台北人都坐捷运，不开车了，现在是上下班时
间，车子里特别挤，我们走进去一点儿。

马　丁：那儿有两个空位，你们要不要过去坐？

小　真：噢！那是博爱座，是给老人、小孩和怀孕的女人坐的，年轻人坐着是会被骂的。

尼古拉：我刚来的时候也不小心地坐过一次博爱座，很多人用很奇怪的眼光看着我，现在想起来真不好意思。

小　真：没关系！你是「无心之过」，也不是故意的嘛！

马　丁：这是什么地方？好多人在这个站下车。

玉　容：这里是士林，附近有一个很有名的夜市。今天是周末，晚上人特别多，挤得不得了！

尼古拉：没错！士林夜市是台北最大的夜市，周末晚上肯定人挤人，我们改天再带你去逛逛。

小　真：你放心！我们会带着你到处去玩的。

马　丁：你看！这条河两岸的风景好美啊！

尼古拉：这就是淡水河，淡水就在淡水河出海的地方，也是捷运的终点站。

小　真：淡水站快到了，我们要准备下车了。等一下从捷运站出去往左转，就到淡水老街了，我们可以边吃小吃边欣赏河边美丽的日落。

马　丁：太好了！我等不及要好好儿地看看淡水了。我们可以玩到几点呢？

玉　容：最后一班捷运夜里十二点从淡水站出发，我们可以坐那班车回台北去。

小　真：说着说着淡水站就到了，我们下车以后就从2号出口出去。

 問題 问题 **Questions**

1. 什麼是「捷運」？ 什么是「捷运」？

2. 捷運和地下鐵有什麼不同？ 捷运和地下铁有什么不同？

3. 台北的交通費用和法國比起來怎麼樣？ 台北的交通费用和法国比起来怎么样？

4. 什麼是「博愛座」？ 什么是「博爱座」？

5. 台北捷運有哪些有名的大站？我們可以去這些地方做什麼？
   台北捷运有哪些有名的大站？我们可以去这些地方做什么？

6. 在你住的城市裡也有捷運或地下鐵嗎？捷運會帶來哪些好處？
   在你住的城市里也有捷运或地下铁吗？捷运会带来哪些好处？

🎧 文章：中國春節交通狀況 中国春节交通状况
Texte : L'état du trafic durant la période du Nouvel An chinois

Caractères traditionnels

　　中國新年又稱爲春節，是華人最重要的節日，大家都要回家鄉過年。中國大陸每年春節前後各約十五天的交通運輸，被稱爲世界上最大的「人口移動」現象。這段期間運輸的人次約36億，比中國大陸的總人口數還多。

　　在返鄉潮中，大部分的人都搭火車，不但方便，也很安全。但在廣東省的返鄉人潮中，還有一個特殊的「摩托車大隊」，大部分是農民工，他們每年都騎車返鄉過年。在公路上，這支隊伍就像一條看不到盡頭的長龍，一輛輛機車載著大包小包的行李，很多人要騎好幾天才能到家。

　　爲了保護這些騎士，交通警察風雨無阻地進行二十四小時的管理，在公路上設置休息點，並且提供修車服務，希望能讓騎士一路

Leçon 3

平安。因爲安全上的理由，警方還是鼓勵大家搭車返鄉。不過因爲車票難買，也爲了省錢，這支返鄉大隊還是每年都要體驗這趟辛苦的返鄉路。

Caractères simplifiés

　　中国新年又称为春节，是华人最重要的节日，大家都要回家乡过年。中国大陆每年春节前后各约十五天的交通运输，被称为世界上最大的「人口移动」现象。这段期间运输的人次约36亿，比中国大陆的总人口数还多。

　　在返乡潮中，大部分的人都搭火车，不但方便，也很安全。但在广东省的返乡人潮中，还有一个特殊的「摩托车大队」，大部分是农民工，他们每年都骑车返乡过年。在公路上，这支队伍就像一条看不到尽头的长龙，一辆辆机车载着大包小包的行李，很多人要骑好几天才能到家。

　　为了保护这些骑士，交通警察风雨无阻地进行二十四小时的管理，在公路上设置休息点，并且提供修车服务，希望能让骑士一路平安。因为安全上的理由，警方还是鼓励大家搭车返乡。不过因为车票难买，也为了省钱，这支返乡大队还是每年都要体验这趟辛苦的返乡路。

 ## 問題 问题 Questions

1. 什麼被稱爲是每年世界上最大的「人口移動」現象？
   什么被称为是每年世界上最大的「人口移动」现象？

---

2. 在這段時間的交通運輸，大部分的人搭哪種交通工具？爲什麼？
   在这段时间的交通运输，大部分的人搭哪种交通工具？为什么？

---

3. 在廣東省的返鄉人潮中，除了坐火車，他們怎麼回家？

在广东省的返乡人潮中，除了坐火车，他们怎么回家？

4. 交通警察在春運期間的工作有哪些？

交通警察在春运期间的工作有哪些？

5. 在你的國家，人們在新年期間都使用哪些交通工具返鄉？爲什麼？

在你的国家，人们在新年期间都使用哪些交通工具返乡？为什么？

🎧 二、生詞 生词 Vocabulaire 🔊

🎧 對話 对话 Dialogue

	生詞 生词 mot	簡體 简体 Caractères simplifié	拼音 拼音 Pinyin	解釋 解释 signification
1	捷運	捷运	*jié yùn*	métro (mot employé à Taïwan : il signifie littéralement « transport rapide »)
2	室友	室友	*shìyǒu*	colocataire
3	玉	玉	*yù*	jade, néphrite (roche)
4	玉容	玉容	*Yù Róng*	Yurong (prénom)
5	淡水	淡水	*DànShuǐ*	Tamsui (un district de la ville de la Nouvelle Taipei, à Taïwan)
6	約	约	*yuē*	se rencontrer, se trouver (pour un rendez-vous)
7	提到	提到	*tí dào*	mentionner
8	快速	快速	*kuàisù*	rapide
9	運輸	运输	*yùnshū*	transport
10	意思	意思	*yìsi*	signification, sens

	生詞 生词 mot	簡體 简体 Caractères simplifié	拼音 拼音 Pinyin	解釋 解释 signification
11	悠遊卡	悠游卡	*yōuyóu kǎ*	EasyCard (carte rechargeable utilisée à Taïwan, pour payer le métro, le bus, le taxi, le parking, etc.)
12	噢	噢	*ō*	[interjection] oh !
13	擠	挤	*jǐ*	serrer, rapprocher en diminuant les espaces entre les personnes ou choses ; serré(e)
14	空位	空位	*kòngwèi*	place assise libre
15	博愛	博爱	*bó'ài*	fraternité, philantropie
16	博愛座	博爱座	*bó'ài zuò*	place assise réservée par ordre de priorité aux : invalides, femmes enceintes, personnes âgées, personnes accompagnées d'enfant
17	懷孕	怀孕	*huáiyùn*	être enceinte
18	女人	女人	*nǚrén*	femme, adulte de sexe féminin
19	年輕	年轻	*niánqīng*	jeune, être jeune
20	罵	骂	*mà*	insulter ; gronder (un enfant)
21	小心	小心	*xiǎoxīn*	faire attention ; être prudent ; être vigilant
22	眼光	眼光	*yǎnguāng*	regard
23	無心之過	无心之过	*wúxīn zhīguò*	faute ou erreur involontaire
24	故意	故意	*gùyì*	faire exprès, exprès
25	士林	士林	*ShìLín*	Shilin (un des douze districts de Taipei)
26	有名	有名	*yǒumíng*	célèbre
27	不得了	不得了	*bùdéliǎo*	extrêmement (mot placé après le qualificatif)

	生詞 生词 mot	簡體 简体 Caractères simplifié	拼音 拼音 Pinyin	解釋 解释 signification
28	條	条	*tiáo*	(classificateur pour rivière, fleuve, route, etc.)
29	河	河	*hé*	rivière
30	岸	岸	*àn*	rive ; côte
31	兩岸	两岸	*liǎng'àn*	les deux rives de la rivière, les deux côtes
32	淡水河	淡水河	*DànShuǐ hé*	fleuve Tamsui (un fleuve du nord de Taïwan)
33	出海	出海	*chū hǎi*	aller en mer ; se jeter dans la mer
34	終點站	终点站	*zhōngdiǎn zhàn*	terminus
35	淡水站	淡水站	*DànShuǐ zhàn*	station de métro de Tamsui (le terminus de la ligne rouge de métro de Taipei)
36	淡水老街	淡水老街	*DànShuǐ lǎo jiē*	vieilles ruelles de Tamsui (site touristique)
37	美麗	美丽	*měilì*	beau, belle
38	日落	日落	*rìluò*	coucher du soleil
39	等不及	等不及	*děng bùjí*	ne pas pouvoir attendre
40	最後	最后	*zuìhòu*	dernier(ère)

🎧 文章 文章 Texte

	生詞 生词 mot	簡體 简体 Caractères simplifié	拼音 拼音 Pinyin	解釋 解释 signification
1	春節	春节	*chūnjié*	la Fête du Printemps (Nouvel An chinois)
2	狀況	状况	*zhuàngkuàng*	état, situation, circonstance
3	新年	新年	*xīnnián*	Nouvel An, jour de l'an
4	稱為	称为	*chēng wéi*	être appelé, être nommé

	生詞 生词 mot	簡體 简体 Caractères simplifié	拼音 拼音 Pinyin	解釋 解释 signification
5	華人	华人	*huárén*	Les gens d'origine chinoise (Il s'agit ici d'une communauté culturelle s'étendant au-delà des frontières nationales modernes incluant notamment la diaspora, Hong-Kong, Macao, Taïwan)
6	節日	节日	*jiérì*	fête, jour de célébration
7	家鄉	家乡	*jiāxiāng*	ville natale
8	過年	过年	*guònián*	passer le Nouvel An chinois
9	約	约	*yuē*	environ (+ nombre / quantité)
10	人口	人口	*rénkǒu*	population
11	移動	移动	*yídòng*	mouvement, déplacement
12	億	亿	*yì*	cent millions
13	返鄉	返乡	*fǎn xiāng*	retour à la ville natale ; rentrer à sa ville natale
14	潮	潮	*cháo*	marée ; mouvement de masse
15	大部分	大部分	*dà bùfèn*	la plupart
16	安全	安全	*ānquán*	sûr, sécurisé ; sécurité
17	廣東省	广东省	*Guǎngdōng shěng*	province du Guangdong (une province côtière au sud de la Chine où se trouve Canton)
18	特殊	特殊	*tèshū*	Particulier, spécifique
19	摩托車	摩托车	*mótuō chē*	motocyclette
20	大隊	大队	*dàduì*	groupe, ensemble de personnes ou de choses réunies
21	農民工	农民工	*nóngmín gōng*	travailleur migrant (ouvrier-paysan quittant la campagne pour aller travailler dans les entreprises et chantiers des villes ou zones périurbaines)

	生詞 生词 mot	簡體 简体 Caractères simplifié	拼音 拼音 Pinyin	解釋 解释 signification
22	公路	公路	*gōnglù*	route nationale ; autoroute
23	支	支	*zhī*	(classificateur pour équipe)
24	隊伍	队伍	*duìwǔ*	équipe, groupe de personnes
25	盡頭	尽头	*jìntóu*	bout, limite extrême (d'un espace)
26	長龍	长龙	*chánglóng*	(littéralement « long dragon ») grand dragon
27	載	载	*zài*	transporter (personne / objet) en voiture, en moto, en vélo, etc.
28	行李	行李	*xínglǐ*	bagage (son classificateur est « 件 *jiàn* »)
29	到家	到家	*dàojiā*	arriver à la maison, arriver chez soi
30	騎士	骑士	*qíshì*	cavalier ; motard
31	警察	警察	*jǐngchá*	police ; policier
32	風雨無阻	风雨无阻	*fēngyǔ wúzǔ*	(littéralement « le vent et la pluie n'empêchent pas ») constant ; inébranlable
33	進行	进行	*jìnxíng*	effectuer, réaliser
34	管理	管理	*guǎnlǐ*	gestion ; gérer
35	設置	设置	*shèzhì*	installer ; mettre en place
36	休息點	休息点	*xiūxí diǎn*	aire de repos (auto)routière
37	提供	提供	*tígōng*	offrir
38	修車	修车	*xiū chē*	réparation automobile
39	一路平安	一路平安	*yílù píng'ān*	"Bon voyage" (litt. "Que la route soit paisible et sûre")
40	理由	理由	*lǐyóu*	raison ; excuse
41	警方	警方	*jǐngfāng*	autorités de police
42	鼓勵	鼓励	*gǔlì*	encourager
43	省錢	省钱	*shěng qián*	économiser de l'argent

	生詞 生词 mot	簡體 简体 Caractères simplifié	拼音 拼音 Pinyin	解釋 解释 signification
44	體驗	体验	*tǐyàn*	expérimenter, connaître par expérience personnelle

一般練習生詞　一般练习生词 Vocabulaire supplémentaire

	生詞 生词 mot	簡體 简体 Caractères simplifié	拼音 拼音 Pinyin	解釋 解释 signification
1	大人	大人	*dàrén*	adulte
2	懂得	懂得	*dǒngdé*	réussir à comprendre
3	罐	罐	*guàn*	1. bocal ; cannette 2. classificateur pour bocal et cannette
4	環境	环境	*huánjìng*	environnement
5	價格	价格	*jiàgé*	prix
6	品質	品质	*pǐnzhí*	qualité
7	搶	抢	*qiǎng*	prendre (ce qui appartient à autrui) par la force
8	搶馬路	抢马路	*qiǎng mǎlù*	ne pas respecter les règles de priorité sur la route
9	缺點	缺点	*quēdiǎn*	défaut, inconvénient, désavantage
10	生產	生产	*shēngchǎn*	produire ; production
11	溫和	温和	*wēnhé*	doux(ce)
12	優點	优点	*yōudiǎn*	point fort (le contraire de « défaut »)
13	願意	愿意	*yuànyi*	volontiers, vouloir bien (faire qqchose)
14	主要	主要	*zhǔyào*	principal ; principalement

三、語法練習 语法练习 Grammaire

 I **複合趨向動詞** 复合趋向动词
Composés directionnels

Les composés directionnels indiquent la direction fondamentale qui prolonge l'action exprimée par le verbe principal. Ils se composent d'un verbe principal et de son complément directionnel.

Les composés directionnels se terminent souvent par « 來 来 *lái* » (venir) ou « 去 去 *qù* » (aller). « 來 来 *lái* » marque le rapprochement par rapport à celui qui parle ou au lieu de référence, tandis que « 去 去 *qù* » exprime l'éloignement par rapport à celui qui parle ou au lieu de référence.

Dans la leçon, nous rencontrons deux structures de composé directionnel : simple et complexe.

(一) Les composés directionnels simples : **verbe de mouvement** + 來 来 / 去 去

Il s'agit de six verbes de mouvement : « 上 上 *Shàng* » (monter), « 下 下 *xià* » (descendre), « 回 回 *huí* » (rentrer), « 進 进 *jìn* » (entrer), « 過 过 *guò* » (traverser), « 出 出 *chū* » (sortir) :

上來 上来 *shànglái* (monter en la direction du locuteur ou du lieu de référence)
上去 上去 *shàngqù* (monter en s'éloignant du locuteur ou du lieu de référence)
下來 下来 *xiàlái* (descendre en direction du locuteur ou du lieu de référence)
下去 下去 *xiàqù* (descendre en s'éloignant du locuteur ou du lieu de référence)
回來 回来 *huílái* (rentrer en direction du locuteur ou du lieu de référence)
回去 回去 *huíqù* (rentrer en s'éloignant du locuteur ou du lieu de référence)
進來 进来 *jìnlái* (entrer en direction du locuteur ou du lieu de référence)
進去 进去 *jìnqù* (entrer en s'éloignant du locuteur ou du lieu de référence)
過來 过来 *guòlái* (venir en direction du locuteur ou du lieu de référence)
過去 过去 *guòqù* (aller en s'éloignant du locuteur ou du lieu de référence)
出來 出来 *chūlái* (sortir en direction du locuteur ou du lieu de référence)
出去 出去 *chūqù* (sortir en s'éloignant du locuteur ou du lieu de référence)

(二) Les composés directionnels complexes: **verbe d'action** + **verbe de mouvement** + 來 / 去 来 / 去

Dans la structure, « verbe de mouvement + 來 来 / 去 去 » marque la direction qui prolonge l'action.

走上來 走上来 *zǒushànglái* (marcher + monter)

走下去 走下去 *zǒuxiàqù* (marcher + descendre)

坐下去 坐下去 *zuòxiàqù* (s'asseoir + descendre)

跳下去 跳下去 *tiàoxiàqù* (sauter + descendre)

踢回去 踢回去 *tīhuíqù* (donner un coup de pied + rentrer)

騎回來 骑回来 *qíhuílái* (chevaucher + rentrer)

跑進去 跑进去 *pǎojìnqù* (courir + entrer)

爬出去 爬出去 *páchūqù* (ramper + sortir)

放進去 放进去 *fàngjìnqù* (mettre + entrer)

Note : Certaines combinaisons verbales n'expriment pas la direction mais elles ont des significations abstraites. Par exemple : « 想起來 想起来 *xiǎngqǐlái* » (penser + se lever) voulant dire « retrouver le souvenir », « 做下去 做下去 *zuòxiàqù* » (faire + descendre) signifiant « continuer à faire ».

「試試看 试试看」：以 以「***verbe d'action + verbe de mouvement*** + 來 / 去 来 / 去」 完成句子 完成句子 Finissez les phrases :

㈢ La destination de l'action se place entre le verbe de mouvement et « 來 / 去 来 / 去 » :

verbe d'action + verbe de mouvement + destination + 來 / 去 来 / 去

「試試看 试试看」：以 以「***verbe d'action + verbe de mouvement + destination*** + 來 / 去 来 / 去」造句 造句 Créez une phrase à partir des mots :

試試看：以「複合趨向動詞」完成句子。

试试看：以「复合趋向动词」完成句子。

Faites des phrases en employant les composés directionels.

例 例 Exemple：

我們走下去買票搭車吧。　我们走下去买票搭车吧。

1. 林老師從對面走　　　　　　　　　　　　　　　　　　　。

　林老师从对面走　　　　　　　　　　　　　　　　　　　。

2. 這些書是林先生放　　　　　　　　　　　　　　　　的。

　这些书是林先生放　　　　　　　　　　　　　　　　的。

3. 下課了，學生從教室裡跑　　　　　　　　　　　　　　。

　下课了，学生从教室里跑　　　　　　　　　　　　　　。

4. 因爲太晚了，沒有公車，我們是走   的。

因为太晚了，没有公车，我们是走   的。

5. 你如果累了，先坐   休息，等會兒再走。

你如果累了，先坐   休息，等会儿再走。

（四）Dans la syntaxe en « 把 把 *bǎ* » :

sujet + 把 把 *bǎ* + **objet** + **verbe d'action** + **verbe de mouvement** + **destination** + 來 / 去
来 / 去

「試試看」：以把字句完成句子 Finissez les phrases en utilisant « 把 把 *bǎ* »
「试试看」：以把字句完成句子

試試看：以「把字句」完成句子。 **试试看：以「把字句」完成句子。**
Finissez les phrases en employant 把 .

1. 這裡不能停車，你   。（開 / 家）

这里不能停车，你   。（开 / 家）

2. 這罐茶葉要給小紅，記得把   。（放 / 包裹）

这罐茶叶要给小红，记得把   。（放 / 包裹）

3. 她生病了，我   。（送 / 宿舍）

她生病了，我   。（送 / 宿舍）

4. 表格填好以後，請你   （拿 / 公司）交給經理。

表格填好以后，请你   （拿 / 公司）交给经理。

II **« 跟 跟 *gēn* + A + 比起來 比起来 *bǐ qǐlái*，B... »**

La construction sert à comparer B avec A. La phrase se termine souvent par les mots suivants : « 多了 多了 *duōle* » (beaucoup), « 得多 得多 *dé duō* » (beaucoup), « 一點兒 一点儿 *yidiǎnr* » (un peu), « 更 更 *gèng* » (davantage), etc.

試試看：以「跟 A 比起來，B…」完成句子。
試試看：以「跟 A 比起来，B…」完成句子。

例 例 **Exemple：**

跟法國比起來，台灣的交通費用便宜多了。
跟法国比起来，台湾的交通费用便宜多了。

1. 跟以前的生意比起來，　　　　　　　　　　　　　　　。（現在）
　 跟以前的生意比起来，　　　　　　　　　　　　　　　。（现在）

2. 跟寫漢字比起來，　　　　　　　　　　　　　　　。（說漢語）
　 跟写汉字比起来，　　　　　　　　　　　　　　　。（说汉语）

3.　　　　　　　　　　　　　　　。（巴黎和台北的冬天）
　　　　　　　　　　　　　　　　。（巴黎和台北的冬天）

4.　　　　　　　　　　　　　　　。（這件和那件大衣）
　　　　　　　　　　　　　　　　。（这件和那件大衣）

5.　　　　　　　　　　　　　　　。（這家和那家餐廳）
　　　　　　　　　　　　　　　　。（这家和那家餐厅）

 III **Construction « 快（要） 快（要） *kuài (yào)* ...了 了 *le* »**

　　La construction « 快 (要) 快 (要) *kuài (yào)* ...了 了 *le* » présente une situation ou un changement se produisant dans peu de temps. Le mot « 快 (要) 快 (要) *kuài (yào)* » peut être suivi d'une tournure, d'un verbe avec son complément, d'une date, d'une indication d'heure, d'une durée ou d'une quantité.

試試看：以「快（要）…了」完成句子。
試試看：以「快（要）…了」完成句子。
Complétez les phrases avec la construction 「快（要）…了」 「快（要）…了」：

例 例 **Exemple：**

往淡水的捷運快來了，我們快下去排隊上車吧！
往淡水的捷运快来了，我们快下去排队上车吧！

1. ，你想要去哪兒玩？

 ，你想要去哪儿玩？

2. ，我們快回家吧！

 ，我们快回家吧！

3. ，我們準備下車吧！

 ，我们准备下车吧！

4. ，我們去上課吧！

 ，我们去上课吧！

5. ，我等不及要去看電影了！

 ，我等不及要去看电影了！

 Construction «會 *huì* ...的 *de* » «会 *huì* ...的 *de* »

La construction «會 会 *huì* ...的 的 *de* » marque la probabilité d'une future situation. Le mot «的 的 *de* » exprime un ton ferme mais doux.

 試試看：以「會…的」造句。 试试看：以「会…的」造句。
Finissez les phrases avec la construction 會 ... 的 / 会 ... 的 .

例 例 Exemple：

博愛座是給老人、小孩和懷孕的女人坐的，年輕人坐著是會被罵的。
博爱座是给老人、小孩和怀孕的女人坐的，年轻人坐着是会被骂的。

1. A：聽說她生病了，明天會來嗎？ B：你放心， 。

 A：听说她生病了，明天会来吗？ B：你放心， 。

2. A：這一次考試我真緊張，不知道難不難？

 A：这一次考试我真紧张，不知道难不难？

 B：別擔心，你這麼用功， 。

 B：别担心，你这么用功， 。

3. 你快上學去，要不然　　　　　　　　　　　　　　　　　　　。

   你快上学去，要不然　　　　　　　　　　　　　　　　　　　。

4. 你的包裹上地址寫得不清楚，　　　　　　　　　　　　　　　。

   你的包裹上地址写得不清楚，　　　　　　　　　　　　　　　。

5. 這個人懂好幾國語言，又懂得做生意，　　　　　　　　　　　。

   这个人懂好几国语言，又懂得做生意，　　　　　　　　　　　。

6. 馬丁住的地方沒有捷運，離學校又遠，他一定　　　　　　　　。

   马丁住的地方没有捷运，离学校又远，他一定　　　　　　　　。

 Syntaxe « 從 *cóng* ...往 *wǎng* ...，就 *jiù* ...了 *le* »

« 从 *cóng* ...往 *wǎng* ...，就 *jiù* ...了 *le* »

La première préposition « 從 从 *cóng* » se place avant un lieu de départ. La deuxième préposition « 往 往 *wǎng* » est suivie de la direction d'une action. La construction « 就 就 *jiù* ...了 了 *le* » introduit une situation ou un résultat arrivant par la suite.

 試試看：以「從…往…，就…了」造句。

试试看：以「从…往…，就…了」造句。

Créez des phrases en utilisant la construction demandée et avec les mots proposés.

例 例 **Exemple：**

從捷運站出去往左轉，就到淡水老街了。

从捷运站出去往左转，就到淡水老街了。

1. 銀行 / 後 / 飯店→

   银行 / 后 / 饭店→

2. 這裡（進去）/ 前 / 法語系→

   这里（进去）/ 前 / 法语系→

3. 圖書館 / 左 / 地下道→

   图书馆 / 左 / 地下道→

4. 地鐵站（過去）／右／郵局→

　地铁站（过去）／右／邮局→

5. 公車站（出去）／右／書店→

　公车站（出去）／右／书店→

« V著 *zhe* ＋V著 *zhe*，就 *jiù* ...了 *le* »
« V着 *zhe* ＋V着 *zhe*，就 *jiù* ...了 *le* »

　　Dans cette construction, « V 著 着 *zhe* » marquant l'aspect duratif est redoublée, pour décrire le contexte (pendant l'action). « 就 就 *jiù* ...了 了 *le* » présente un nouvel état ayant entre-temps été atteint.

試試看：以「V 著 V 著，就…了」造句。
试试看：以「V 着 V 着，就…了」造句。
Créez des phrases avec les mots proposés.

例 例 Exemple：

說著說著，淡水站就到了，我們下車以後就從 2 號出口出去。

说着说着，淡水站就到了，我们下车以后就从 2 号出口出去。

1. 我們／走／到學校→

　我们／走／到学校→

2. 大家／唱／到家→

　大家／唱／到家→

3. 老闆／說／（忘了）找錢→

　老板／说／（忘了）找钱→

4. 客人／聊／把酒喝完了→

　客人／聊／把酒喝完了→

5. 小明／跑／到百貨公司→

　小明／跑／到百货公司→

VII **Construction « 在 在 *zài*...中 中 *zhōng* »**

La construction « 在 在 *zài*...中 中 *zhōng* » introduit une indication dans le temps, l'espace ou le cadre. On peut également utiliser les constructions « 在...當中 在...当中 *zài... dāngzhōng* », « 在 在 *zài*...中間 中间 *zhōngjiān* », etc.

 試試看：以「在…中」完成句子。 试试看：以「在…中」完成句子。

例 例 Exemple：

在返鄉潮中，很多人搭火車，不但方便，也很安全。
在返乡潮中，很多人搭火车，不但方便，也很安全。

1. ，我們決定用電腦設計海報。（開會）
   ，我们决定用电脑设计海报。（开会）

2. ，我最喜歡咖啡。（這些飲料）
   ，我最喜欢咖啡。（这些饮料）

3. ，大家最喜歡陳先生。
   ，大家最喜欢陈先生。

4. ，我們才知道飛機停飛了。（電視新聞）
   ，我们才知道飞机停飞了。（电视新闻）

5. ，老師問了我很多問題。（上課）
   ，老师问了我很多问题。（上课）

6. ，我才知道林老師搬家了。（電話）
   ，我才知道林老师搬家了。（电话）

 VIII **Construction « 一 一 *yī* + classificateur redoublé »**

La construction provient de la duplication de la structure « 一 一 *yī* + classificateur » du fait que l'on omet souvent le deuxième « 一 一 *yī* » dans le langage courant. Elle peut vouloir dire « les uns après les autres » ou dans le cadre des personnes ou des choses délimitées.

試試看：造句。 试试看：造句。

Complétez les phrases avec la construction « 一 + classificateur redoublé ».

例 例 **Exemple：**

一輛輛機車載著大包小包的行李，很多人要騎好幾天才能到家。

一辆辆机车载着大包小包的行李，很多人要骑好几天才能到家。

1. 最近班上學生 ，大概是感冒了。

   最近班上学生 ，大概是感冒了。

2. 桌上放著 ，是爲了老闆的生日派對而買的。

   桌上放着 ，是为了老板的生日派对而买的。

3. 週末放假時 ，好熱鬧啊！

   周末放假时 ，好热闹啊！

4. 放暑假了， 都回家了。

   放暑假了， 都回家了。

5. 今天面試者很多， 都非常緊張。

   今天面试者很多， 都非常紧张。

 XI **Construction « 每 每 *měi* ...都 都 *dōu* »**

La construction « 每 每 *měi* ...都 都 *dōu* » est suivie d'une action fréquente. « 每 每 *měi* » se traduisant comme « chaque » peut être employé avec « 都 都 *dōu* ». Dans ce cas, la construction sert à marquer la périodicité et signifie « tous / toutes les ».

 試試看：以「每…都」造句。 试试看：以「每…都」造句。

例 例 **Exemple：**

這支返鄉大隊還是每年都要體驗這趟辛苦的返鄉路。

这支返乡大队还是每年都要体验这趟辛苦的返乡路。

1. 因爲公司很遠，　　　　　　　　　　　　　　　　　　　。

   因为公司很远，　　　　　　　　　　　　　　　　　　　。

2. 只要是看病，　　　　　　　　　　　　　　　　　　　　。

   只要是看病，　　　　　　　　　　　　　　　　　　　　。

3. 王小姐很喜歡麻婆豆腐，　　　　　　　　　　　　　　　。

   王小姐很喜欢麻婆豆腐，　　　　　　　　　　　　　　　。

4. 這些海報是誰設計的？　　　　　　　　　　　　　　　　。

   这些海报是谁设计的？　　　　　　　　　　　　　　　　。

5. 最近感冒的人特別多，　　　　　　　　　　　　　　　　。

   最近感冒的人特别多，　　　　　　　　　　　　　　　　。

四、慣用語　惯用语　Expressions courantes

1. 無心之過　无心之过　wú xīn zhī guò

   Littéralement : « une erreur sans intention »

   不是故意做錯的。　不是故意做错的。

   En français : « pas fait exprès », pour une erreur.

   例：「這真是他的無心之過，我們就不要再罵他了。」

   例：「这真是他的无心之过，我们就不要再骂他了。」

   Exemple : « Il ne l'a vraiment pas fait exprès, alors ne le grondons plus de nouveau. »

2. 風雨無阻　风雨无阻　fēng yǔ wú zǔ

   Littéralement : « Vent et pluie, pas d'obstacles ». Cette forme est utilisée pour montrer une forte détermination, « rien ne l'arrête, même pas la tempête ».

   不論颱風下雨也無法阻擋。比喻決心堅定。

   不论刮风下雨也无法阻挡。比喻决心坚定。

   例：他每天都到圖書館讀書，風雨無阻，真是用功啊！

   例：他每天都到图书馆读书，风雨无阻，真是用功啊！

   Exemple : Il va chaque jour à la bibliothèque pour étudier, rien ne l'arrête, il est vraiment studieux !

3. 一路平安　一路平安　yí lù píng ān

Littéralement : « toute la route égale et paisible ».

C'est une phrase fréquente pour souhaiter « Bon voyage ! » ou « Bonne route ! »,

例：這次去法國，祝你一路平安！

例：这次去法国，祝你一路平安！

Exemple : Pour ce départ en France, je te souhaite bon voyage!

五、口語／聽力練習 口语／听力练习 Expression / Compréhension orale

(一) Utilisez les mots ci-dessous et parlez de la vie d'étudiant.

自行車　騎機車　坐車　公車　馬路　交通工具　運動　溫和　壓力
自行车　骑机车　坐车　公车　马路　交通工具　运动　温和　压力

煩惱　價格　天氣　安全　環境　品質
烦恼　价格　天气　安全　环境　品质

(二) Écoutez l'enregistrement audio et choisissez entre « vrai » ou « faux ».

	對 对	錯 错
1. 台灣生產很多電腦和自行車。 台湾生产很多电脑和自行车。	☐ ☐	☐ ☐
2. 在台灣騎自行車的人比別的國家少。 在台湾骑自行车的人比别的国家少。	☐ ☐	☐ ☐
3. 台灣天氣好，所以騎自行車很舒服。 台湾天气好，所以骑自行车很舒服。	☐ ☐	☐ ☐
4. 在台灣自行車跟別的車用一樣的車道。 在台湾自行车跟别的车用一样的车道。	☐ ☐	☐ ☐
5. 大人、小孩可以騎自行車，老人最好不要。 大人、小孩可以骑自行车，老人最好不要。	☐ ☐	☐ ☐
6. 在台灣買自行車不貴。 在台湾买自行车不贵。	☐ ☐	☐ ☐

(三) Écoutez à nouveau l'enregistrement audio et complétez les mots manquants dans les phrases ci-dessous.

1. 台灣除了生產很多_____以外，還是世界上主要的_____出口大國。

　　台灣除了生產很多＿＿＿＿以外，還是世界上主要的＿＿＿＿出口大國。

2. 在一些歐洲國家，像＿＿＿＿，把自行車當作一種＿＿＿＿，在台灣大家把騎自行車當作一種＿＿＿＿。

　　在一些欧洲国家，像＿＿＿＿，把自行车当作一种＿＿＿＿，在台湾大家把骑自行车当作一种＿＿＿＿。

3. 在台灣騎自行車＿＿＿＿坐車舒服，跟機車＿＿＿＿，自行車也沒有那麼快速方便。

　　在台湾骑自行车＿＿＿＿坐车舒服，跟机车＿＿＿＿，自行车也没有那么快速方便。

4. 騎自行車的人常常得在馬路上跟＿＿＿＿、機車，甚至是＿＿＿＿搶馬路。

　　骑自行车的人常常得在马路上跟＿＿＿＿、机车，甚至是＿＿＿＿抢马路。

5. 因為＿＿＿＿、環境和安全的問題，讓願意騎自行車、＿＿＿＿的人很少。

　　因为＿＿＿＿、环境和安全的问题，让愿意骑自行车、＿＿＿＿的人很少。

6. 騎自行車在＿＿＿＿中是很溫和的，＿＿＿＿、＿＿＿＿，甚至＿＿＿＿都可以做。

　　骑自行车在＿＿＿＿中是很温和的，＿＿＿＿、＿＿＿＿，甚至＿＿＿＿都可以做。

7. 很多人騎自行車，＿＿＿＿，身體就＿＿＿＿了，還可以讓人忘掉＿＿＿＿和＿＿＿＿。

　　很多人骑自行车，＿＿＿＿，身体就＿＿＿＿了，还可以让人忘掉＿＿＿＿和＿＿＿＿。

(四) Discutez sur les questions suivantes : avec vos camarades.

1. 你騎自行車嗎？你覺得騎自行車有什麼優點、缺點？

　　你骑自行车吗？你觉得骑自行车有什么优点、缺点？

2. 在你的國家騎自行車的人多嗎？為什麼？

　　在你的国家骑自行车的人多吗？为什么？

3. 請你比較一個你的國家和台灣騎自行車的環境。

　　请你比较一个你的国家和台湾骑自行车的环境。

六、句子重組　句子重组
Phrases à remettre dans l'ordre

1. 到　春節　快要〜了，同學　大部分的　都　回家　要〜了

　　到　春节　快要〜了，同学　大部分的　都　回家　要〜了

2. 春節　到了～期間，每～都　班　人　擠滿了　火車
　　春节　到了～期间，每～都　班　人　挤满了　火车

3. 返鄉的人一個個　行李　大包小包的　都提著，回家鄉　等不及要
　　返乡的人一个个　行李　大包小包的　都提着，回家乡　等不及要

4. 跟～比起來　坐火車，騎機車　快速　省錢　又～又～
　　跟～比起来　坐火车，骑机车　快速　省钱　又～又～

七、綜合練習 综合练习 Exercices supplémentaires

 I ## 討論 讨论 Discussion

1. 課文中提到許多交通工具，請你看看下面的圖，這些交通工具你都認識嗎？哪一些交通工具在法國不常看到？

　課文中提到许多交通工具，请你看看下面的图，这些交通工具你都认识吗？哪一些交通工具在法国不常看到？

Plusieurs modes de transport sont mentionnés dans le texte de la leçon. Dans les images ci-après, lesquels reconnaissez-vous ? Est-ce qu'on les voit souvent en France ?

2. 請利用本課中學到的比較句型，比一比哪一個交通工具比較快/方便/便宜/好玩/常坐/坐的人多…

　比較句型：A跟B一樣、A不像B那樣～、A比B更～、跟B比起來，A～、B沒有A那麼～

　请利用本课中学到的比较句型，比一比哪一个交通工具比较快/方便/便宜/好玩/常坐/坐的人多…

　比较句型：A跟B一样、A不像B那样～、A比B更～、跟B比起来，A～、B没有A那么～

Comparez les modes de transports : lesquels sont comparativement rapides / pratiques / peu coûteux / amusants / utilisés souvent / peuvent transporter beaucoup de gens… Utilisez les formes de comparaison vues dans la leçon pour vous exprimer.

 說一說 说一说 **Expression orale**

1. 請看著捷運地圖，回答下面問題。

   请看着捷运地图，回答下面问题。

   En lisant le plan du métro de Taïpei (MRT), répondez aux questions suivantes:

   (1) 從西門到淡水，你要在哪裡上車？在哪裡下車？

   从西门到淡水，你要在哪里上车？在哪里下车？

   Comment aller de la station Xīmén à Dànshuǐ ? Où devez-vous prendre le métro et en descendre ?

   Utilisez les formes : 從A到B，在A上車，在B下車，就到了。

   　　　　　　　　　　從A到B，在A上车，在B下车，就到了。

   (2) 從西門到淡水，你要坐幾站？

   从西门到淡水，你要坐几站？

   De Ximen à Danshui, il faut prendre combien de stations de métro ?

   Utilisez les formes : 在A上車，坐～站，在B下車，就到了。

   　　　　　　　　　　在A上车，坐～站，在B下车，就到了。

   (3) 從西門到淡水，要坐什麼顏色的線？

   从西门到淡水，要坐什么颜色的线？

   De Ximen à Danshui, il faut prendre quelle lignes de métro ? Indiquez les couleurs des lignes.

   Utilisez les formes : 在A上車，先坐～線，再坐～線，在B下車，就到了。

   　　　　　　　　　　在A上车，先坐～线，再坐～线，在B下车，就到了。

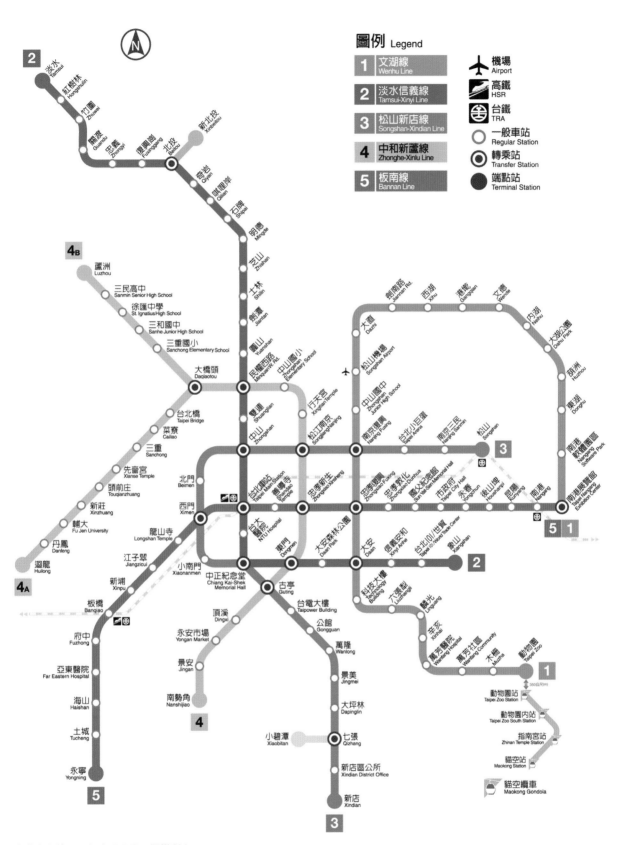

臺北大眾捷運股份有限公司　版權所有
Copyright © Taipei Rapid Transit Corporation

⑷ 從西門到淡水，要不要換車？在哪裡換車？

从西门到淡水，要不要换车？在哪里换车？

De Ximen à Danshui, est-ce qu'il faut changer de ligne ? Où faut-il changer ?

在A上車，先坐〜線，在C轉車，再坐〜線，在B下車，就到了。

在A上车，先坐〜线，在C转车，再坐〜线，在B下车，就到了。

活動：兩人一組，請你問問你的同學：「請問從A到B怎麼去？」

活动：两人一组，请你问问你的同学：「请问从A到B怎么去？」

Activité : Deux par deux, demandez à votre camarade: "S'il vous plaît, comment aller de A à B ?"

Utilisez les formules vues ci-dessus, comme par exemple :

在A上車，先坐〜線，在C轉車，再坐〜線，在B下車，就到了。

在A上车，先坐〜线，在C转车，再坐〜线，在B下车，就到了。

Vous pouvez aussi faire cette activité avec un plan des transports de votre ville.

2. 請你拿著北京地鐵圖去問三個同學，「請問從A到B怎麼去？」

请你拿着北京地铁图去问三个同学，「请问从A到B怎么去？」

Avec un plan du métro de Pékin, allez demander à trois camarades : "S'il vous plaît, comment aller de A à B ?"

要求句型 Utilisez les formules:

在A上車，先坐〜線，再C轉車，再坐〜線，在B下車，就到了。

在A上车，先坐〜线，再C转车，再坐〜线，在B下车，就到了。

3. 如果你的同學說錯了，你怎麼安慰他？

如果你的同学说错了，你怎么安慰他？

Si votre camarade fait une faute à l'oral, comment le rassurer?

不是故意的　不是故意的	*bú shì gùyì de*	Tu ne l'a pas fait exprès !
算了　算了	*suàn le*	Laisse tomber !
別緊張　别紧张	*bié jǐnzhāng*	Ne te stresse pas.
沒什麼　没什么	*méi shénme*	Ce n'est rien.

4. 看圖說話

看图说话

Décrivez ce que vous voyez sur ces photos. Utilisez des verbes avec des compléments directionnels simples et composés.

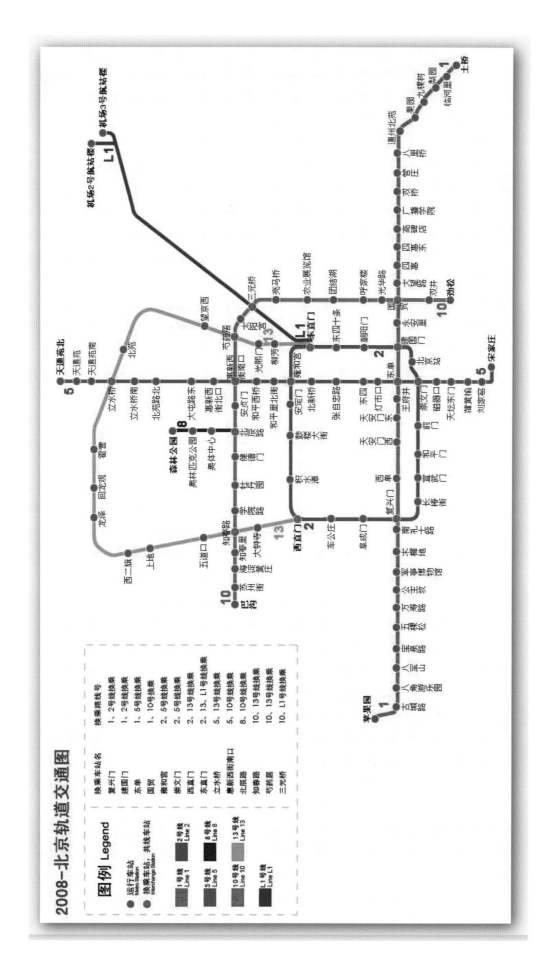

5. 你請中國朋友來幫你搬家，要從這裡的五樓搬到對面的三樓。 請你告訴中國朋友要做什麼。（請用句型「把OVC(N)C」，兩人合作，一人說一人做動作。）

你请中国朋友来帮你搬家，要从这里的五楼搬到对面的三楼。 请你告诉中国朋友要做什么。（请用句型「把OVC(N)C」，两人合作，一人说一人做动作。）

Déménagement : vous demandez à un ami chinois de vous aider à déménager d'ici, au quatrième étage, jusqu'au deuxième étage de la maison d'en face. Donnez-lui les instructions appropriées. Une personne parle, l'autre fait les mouvements. (Utilisez des phrases en « bǎ » avec verbe + complément directionnel, avec ou sans objet).

III 讀一讀 读一读 Compréhension écrite

請你看看下面火車時刻表，最早的一班車是幾點？最後一班幾點開？多久一班？坐這個交通工具可以去哪些地方？終點站是哪裡？

请你看看下面火车时刻表，最早的一班车是几点？最后一班几点开？多久一班？坐这个交通工具可以去哪些地方？终点站是哪里？

Observez les horaires de bus et de train ci-dessous. Quel est le départ le plus tôt ? Quand est le dernier bus / train ? Combien de temps dure le trajet ? Où ces lignes vous mènent-elles ? Où sont les terminus ?

1. 廣州火車站列車時刻表
   广州火车站列车时刻表

车次	类型	始发站	始发时间	终点站	到站时间	总耗时	总里程
D7163	动车组	广州	17:03	深圳	18:26	1小时23分钟	147
1260/1261	普快	广州	14:15	烟台	05:33	39小时18分钟	2574
1296/1297	普快	广州	19:17	银川	18:17	47小时	2916
2508	普快	广州	13:38	信阳	07:13	17小时35分钟	1303
K210/K211	空调快速	广州	15:24	宁波	13:14	21小时50分钟	1778
K222/K223	空调快速	广州	09:14	泰州	12:26	27小时12分钟	1968
K226/K227	空调快速	广州	20:48	兰州	06:35	33小时47分钟	2792
K302	空调快速	广州	21:56	徐州	22:18	24小时22分钟	1839
K326/K327	空调快速	广州	10:56	温州	09:48	22小时52分钟	1682
K356/K357	空调快速	广州	10:50	重庆北	18:14	31小时24分钟	2301
K36/K37	空调快速	广州	18:04	柳州	09:20	15小时16分钟	1059
K365/K364	空调快速	广州	14:03	昆明	15:15	25小时12分钟	1637
K407	空调快速	广州	21:20	三亚	12:39	15小时19分钟	1157

2. 火車時刻表與高鐵路線圖

火车时刻表与高铁路线图

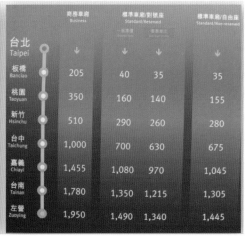

參考圖片：http://www.railway.gov.tw/tw/

寫一寫 写一写 Expression écrite

這一課我們學了很多描寫性的形容詞，請你找找看。

这一课我们学了很多描写性的形容词，请你找找看。

請你給你的中國朋友寫一封信，並附上一張照片，描寫法國的風景或法國的交通現象。（要求句型：每～都、甚至、V著V著就～了。）

请你给你的中国朋友写一封信，并附上一张照片，描写法国的风景或法国的交通现象。（要求句型：每～都、甚至、V着V着就～了。）

Dans cette leçon, nous avons vu beaucoup d'adjectifs de description, retrouvez-les. Écrivez une lettre à un ami chinois, en y attachant une photo. Décrivez un paysage de chez vous, ou bien quelque chose en rapport avec les transports.

Il faut utiliser les formes 每～都… 每～都…、甚至 甚至、V著V著就～了 V着V着就～了。

八、文化註解 文化注解 Notes culturelles

二十世紀初現代中文興起：華語的革新
二十世纪初现代中文兴起：华语的革新

L'invention du chinois contemporain au début du XXe siècle : une révolution chinoise

Sun Yat-sen, l'inspirateur de la révolution de 1911, formula l'idée d'une nouvelle « nationalité chinoise » (中華民族 中华民族, *Zhōnghuá mínzú*), constituée en réalité de cinq populations différentes de l'ancien empire mandchou : les *han*, les Mandchous *man*, les Mongols *meng*, les Tibétains *zang*, et les populations musulmanes chinoises *hui*. Tout ceci devrait tenir dans une « Harmonie entre les cinq races » (五族共和 五族共和, *wǔzú gònghé*). Les révolutionnaires de 1949 ont, grâce à la théorie de la succession d'État, fait leurs les revendications de la République, et conquis ou reconquis méthodiquement des territoires « perdus », qui jamais n'avaient jamais été chinois historiquement, linguistiquement et culturellement, car acquis ou cédés par les Mandchous, gérés par eux distinctement de la Chine propre au sein de leur empire.

En revendiquant en 1912, pour la nouvelle nation chinoise, les frontières de l'empire mandchou, qui dépassaient de loin celles de la Chine historique, la République héritait *ipso facto* de nombreuses langues non-chinoises parlées par les ethnies non-*han* désormais incluses dans le projet « national » chinois. Ce projet national - réinventer la nation chinoise contre les Mandchous, originellement des étrangers à la Chine - passait par la création d'une République et d'une nation, là où la Chine n'avait jamais été qu'un empire multi-ethnique.

Le nationalisme chinois moderne est fondé par la mouvance révolutionnaire anti-mandchoue, qui va à partir de la fin du XIXe siècle s'opposer aux réformateurs chinois qui souhaitent garder la forme impériale de gouvernement. Avec la République, l'invention d'une langue vernaculaire au service de tous et unifiant la nouvelle République était un élément phare. Mais contrairement à d'autres expériences nationales dans laquelle la création d'États-nations s'est faite sur une langue préexistante (notamment l'indépendance des nations par rapport à des empires), le cas chinois montre la création d'une langue unique et nouvelle, qui ne sera jamais diffusée, avant la décision administrative, en 1932, du choix du parler de Pékin comme norme de lecture des sinogrammes sur la base du corpus littéraire 一 de langue vulgaire (le *baihua*), au détriment de la norme littéraire classique (*wenyanwen*).

La nation, ici, existe avant la langue, mais est fractionnée par la division de celle-ci en une multitude de dialectes (sans mentionner les langues non-chinoises), cependant que les caractères écrits sur lesquels elle se base sont, eux, déjà en circulation partout dans la nation, du moins la population alphabétisée, et même unifiés dans leur graphie depuis l'Empereur mandchou Kangxi (康熙 康熙, r. 1661-1722) et le dictionnaire des caractères chinois publié sous sous règne (康熙大辭典 康熙大辞典, *Kāngxi dà cídiǎn*), publié en 1716, et qui recensait, pour les écarter de l'usage officiel, localismes et barbarismes dans les caractères alternatifs et désormais dûment considérés comme illégitimes.

La « langue commune » (*putonghua*) en Chine continentale, appelée à Taiwan « langue nationale » (*guoyu*, le terme que la République utilisait en Chine avant 1949) semble à chacun parmi les langues les plus anciennes au monde, puisque Confucius la parlait ! « Cette même langue supposément la plus parlée au monde, écrit Yoann Goudin, n'est pourtant pas plus celle de Confucius qu'elle n'a 5000 ans ». Elle a été conceptualisée il n'y a pas cent-dix ans, à partir du 15 février 1913 » (*Historia Magazine*, Novembre 2022).

En 1913, le Congrès d'unification des prononciations et de la lecture des caractères (讀音統一會 读音统一会 dúyīn tǒngyī huì) se déroule. Ce congrès, marqué par de nombreux débats et désaccords entre les participants, donne naissance à une nouvelle langue basée sur le *báihuà* (白話 白话), un dialecte vernaculaire notamment parlé à Pékin. Parmi les choix possibles figurait également le cantonais, langue maternelle du Dr. Sun Yat-sen (孫逸仙 孙逸仙, 1866-1925), inspirateur de la nouvelle république.

L'intérêt premier du Congrès, qui réunit 44 intellectuels sur les 80 invités et de toutes les provinces, est de s'accorder sur une seule langue pour démocratiser son apprentissage et instruire la population (une idée déjà discutée durant l'été précédent, à la Conférence provisoire sur l'éducation).

Les recommandations du Congrès n'ont que peu d'impact avant 1930 : c'est Chiang Kai-Shek qui adopte cette nouvelle langue et la diffuse d'abord dans le Kuomintang et l'appareil d'État, puis tente l'expérience à travers la Chine. Elle est ensuite imposée à Taiwan à partir des années 1950, pour remplacer la langue nationale du régime colonial japonais.

Novatrice, mais peut-être pas tout à fait révolutionnaire. La norme établie à cette occasion, explique Yoann Goudin, ne fut jamais diffusée, et n'est donc pas celle qui est enseignée de nos jours : « En 1932, un arbitrage administratif décréta finalement la prononciation de Pékin comme référence phonologique, et le corpus littéraire en langue vernaculaire en cours de constitution – par opposition au chinois classique de Confucius – comme norme grammaticale ».

Le projet de la République était d'une construction inclusive, mais également d'unification. La République n'ayant pas réussi à reconquérir les territoires perdus de l'Empire mandchou et n'a pas eu le temps d'appliquer son programme d'unification linguistique, il n'y a pas eu de position hégémonique pour ce nouveau chinois en Chine avant 1949. Toutefois, l'apprentissage de cette nouvelle langue par des dizaines de millions de personnes en Chine est quand-même le signe d'un grand changement : elle n'est en effet pas la langue d'une élite imposée à une population conquise comme c'est souvent le cas dans l'imposition d'une langue nouvelle à une population — la question reste ouverte évidemment pour minorités non-chinoises de Chine ne parlant à l'origine pas le chinois.

第四課 複習 第四课 复习
Leçon 4 : Révision

一、閱讀 阅读 Compréhension écrite

請閱讀下列短文後回答問題：

请阅读下列短文后回答问题：

Lisez les textes ci-dessous puis répondez aux questions :

㈠〈放寒假〉　〈放寒假〉

Caractères traditionnels

　　寒假快要到了，大家都準備回家，有的人提早訂火車票準備南下回家。李偉也準備回家探望家人，他想早一點訂車票，不然回家的人太多，車票都買不到了。李偉的媽媽告訴他，他的姐姐生了孩子，這個寒假媽媽希望大家一起去看看姐姐的孩子。姐姐在家裡排行老大，姐姐的孩子也是家裡第一個外孫女。這是李偉第一次當舅舅，他很期待見到自己的外甥女，準備包一個紅包給她。

　　李偉的同學馬丁也想回家，因為他沒有錢買機票回法國的關係，所以得一個人在台灣過寒假。馬丁很獨立，他打算放假的時候在台灣學習中文順便打工賺錢。對馬丁來說，他覺得一個人也很開心，並不寂寞。

　　李偉覺得馬丁一個人在台灣，沒有家人照顧他，很寂寞，所以他想，不如請馬丁回家一起過寒假，順便給馬丁介紹他的家人，一起慶祝春節。馬丁聽了很高興，他覺得應該買個禮物給李偉的家人，李偉說：「你做的菜很好吃，不如就做菜給我的父母和家人吃吧！」馬丁覺得這是個很好的方法，不只能讓李偉家人吃到法國的料理，也可以謝謝他們一家人照顧他。

Caractères simplifiés

　　寒假快要到了，大家都准备回家，有的人提早订火车票准备南下回家。李伟也准备回家探望家人，他想早一点订车票，不然回家的人太多，车票都买不到了。李伟的妈妈告诉他，他的姐姐生了孩子，这个寒假妈妈希望大家一起去看看姐姐的孩子。姐姐在家里排行老大，姐姐的孩子也是家里第一个外孙女。这是李伟第一次当舅舅，他很期待见到自己的外甥女，准备包一个红包给她。

　　李伟的同学马丁也想回家，因为他没有钱买机票回法国的关系，所以得一个人在台湾过寒假。马丁很独立，他打算放假的时候在台湾学习中文顺便打工赚钱。对马丁来说，他觉得一个人也很开心，并不寂寞。

　　李伟觉得马丁一个人在台湾，没有家人照顾他，很寂寞，所以他想，不如请马丁回家一起过寒假，顺便给马丁介绍他的家人，一起庆祝春节。马丁听了很高兴，他觉得应该买个礼物给李伟的家人，李伟说：「你做的菜很好吃，不如就做菜给我的父母和家人吃吧！」马丁觉得这是个很好的方法，不只能让李伟家人吃到法国的料理，也可以谢谢他们一家人照顾他。

 ## 問題　问题　Questions

1. 李偉準備回家探望誰？　李伟准备回家探望谁？

....

2. 李偉的姐姐是家裡第幾個孩子？　李伟的姐姐是家里第几个孩子？

....

3. 李偉有幾個外甥女？　李伟有几个外甥女？

....

4. 馬丁爲什麼不能回法國？　马丁为什么不能回法国？

....

5. 馬丁寒假怎麼過？　马丁寒假怎么过？

....

6. 馬丁是一個怎麼樣的人？　马丁是一个怎么样的人？

....

7. 寒假的時候有什麼重要的節慶？　寒假的时候有什么重要的节庆？

....

8. 李偉覺得馬丁一個人在台灣怎麼樣？ 李伟觉得马丁一个人在台湾怎么样？

....

9. 李偉建議馬丁可以做什麼謝謝李偉的家人？

李伟建议马丁可以做什么谢谢李伟的家人？

....

㈡〈**大學生活**〉 〈大学生活〉

Caractères traditionnels

　　安娜和李偉都是大學新生，安娜爲了學習中文而來台灣念書，她覺得台灣的大學生活很新鮮，很多活動都很吸引她。安娜想要參加大學的社團，她覺得社團可以讓她認識更多台灣朋友，不但可以參加各種各樣的活動，也可以練習漢語。可是安娜有點煩惱，因爲她對每個社團都有興趣，都想參加，所以安娜決定請李偉給她介紹幾個有趣的社團，聽聽李偉的意見再決定自己要參加的社團。

　　李偉和安娜說明了自己參加的社團——游泳社和魔術社。李偉覺得游泳不但可以讓他忘掉壓力，也可以學習游泳的技巧；學習魔術表演不但很酷，也很有趣。李偉覺得參加社團讓他增加了很多不一樣的經驗，學到更多不一樣的事情。安娜覺得在社團裡和朋友一起學習，一起玩，眞是一舉兩得，她和李偉說她也想參加兩個不同的社團。

　　下個星期就是第一階段加退選的時間，安娜第一次選課，聽說很多同學都選不到自己喜歡的課，安娜聽了擔心得睡不著。安娜在生活上的問題不大，但是學習上的問題比較多。爲了有更好的成績，安娜每天都去圖書館念書。李偉看到安娜這麼努力，不但要念書也要參加社團，他決定幫助安娜一起學習漢語。他和安娜約定這個星期六晚上在圖書館的讀書室一起念書，順便討論選課的問題。

Caractères simplifiés

　　安娜和李伟都是大学新生，安娜为了学习中文而来台湾念书，她觉得台湾的大学生活很新鲜，很多活动都很吸引她。安娜想要参加大学的社团，她觉得社团可以让她认识更多台湾朋友，不但可以参加各种各样的活动，也可以练习汉语。可是安娜有点烦恼，因为她对每个社团都有兴趣，都想参加，所以安娜决定请李伟给她介绍几个有趣的社团，听听李伟的意见再决定自己

要参加的社团。

李伟和安娜说明了自己参加的社团——游泳社和魔术社。李伟觉得游泳不但可以让他忘掉压力，也可以学习游泳的技巧；学习魔术表演不但很酷，也很有趣。李伟觉得参加社团让他增加了很多不一样的经验，学到更多不一样的事情。安娜觉得在社团里和朋友一起学习，一起玩，真是一举两得，她和李伟说她也想参加两个不同的社团。

下个星期就是第一阶段加退选的时间，安娜第一次选课，听说很多同学都选不到自己喜欢的课，安娜听了担心得睡不著。安娜在生活上的问题不大，但是学习上的问题比较多。为了有更好的成绩，安娜每天都去图书馆念书。李伟看到安娜这麼努力，不但要念书也要参加社团，他决定帮助安娜一起学习汉语。他和安娜约定这个星期六晚上在图书馆的读书室一起念书，顺便讨论选课的问题。

 ## 問題 问题 Questions

1. 安娜爲了什麼來台灣念書？ 安娜为了什么来台湾念书？

2. 安娜覺得參加社團有什麼好處？ 安娜觉得参加社团有什么好处？

3. 李偉參加了什麼社團？ 李伟参加了什么社团？

4. 下個星期學校有什麼事？ 下个星期学校有什么事？

5. 安娜爲什麼睡不著？ 安娜为什么睡不着？

6. 安娜什麼問題比較多？ 安娜什么问题比较多？

7. 李偉為什麼要幫助安娜？　李伟为什么要帮助安娜？

....

8. 李偉決定怎麼幫助安娜？　李伟决定怎么帮助安娜？

....

9. 李偉和安娜約定什麼時候見面？　李伟和安娜约定什么时候见面？

....

(三)〈放假出去玩〉　〈放假出去玩〉

Caractères traditionnels

今天是星期天，李偉準備和同學一起出去玩。李偉的同學安娜沒有去過動物園，所以李偉建議大家一起坐捷運去動物園玩。李偉說：「跟安娜的家比起來，王明的家比較遠，所以他得先搭公車出門，再坐捷運到動物園和大家會合。」

李偉和安娜決定先約在學校門口見面，再一起坐捷運去動物園找王明。到了捷運站後，李偉問安娜：「要不要買票？」安娜馬上從錢包裡把悠遊卡拿出來。安娜說她每天都會帶悠遊卡，因為悠遊卡不但可以坐捷運，也可以坐公車，非常方便。安娜覺得台北的交通在台灣的城市中是非常方便的，而且費用跟法國比起來也便宜多了。

到了動物園站，動物園站的人很多，李偉和安娜在捷運站3號出口等王明。王明看到他們兩個人以後就跑過來，三個人一起走下去坐捷運。他們進了動物園以後看了很多動物，看著看著，時間也不早了。李偉說：「快要六點了，我們回去吧！」王明問安娜：「你覺得動物園怎麼樣？」安娜說：「動物園太好玩了！我一定會再來的。」

Caractères simplifiés

今天是星期天，李伟准备和同学一起出去玩。李伟的同学安娜没有去过动物园，所以李伟建议大家一起坐捷运去动物园玩。李伟说：「跟安娜的家比起来，王明的家比较远，所以他得先搭公车出门，再坐捷运到动物园和大家会合。」

李伟和安娜决定先约在学校门口见面，再一起坐捷运去动物园找王明。到了捷运站后，李伟问安娜：「要不要买票？」安娜马上从钱包里把悠游卡

拿出来。安娜说她每天都会带悠游卡，因为悠游卡不但可以坐捷运，也可以坐公车，非常方便。安娜觉得台北的交通在台湾的城市中是非常方便的，而且费用跟法国比起来也便宜多了。

　　到了动物园站，动物园站的人很多，李伟和安娜在捷运站3号出口等王明。王明看到他们两个人以後就跑过来，三个人一起走下去坐捷运。他们进了动物园以後看了很多动物，看着看着，时间也不早了。李伟说：「快要六点了，我们回去吧！」王明问安娜：「你觉得动物园怎麼样？」安娜说：「动物园太好玩了！我一定会再来的。」

問題 问题 Questions

1. 李偉建議大家一起去哪裡玩？ 李伟建议大家一起去哪里玩？

2. 誰的家住得比較遠？ 谁的家住得比较远？

3. 王明要怎麼去？ 王明要怎么去？

二、聽力 听力 Compréhension orale

請聽以下對話並根據您的理解，選出正確的答案。
请听以下对话并根据您的理解，选出正确的答案。
Écoutez le dialogue et choisissez la bonne réponse.

(一) 第一部分 第一部分
Wang Ming parle avec sa mère au téléphone. Écoutez le dialogue puis choisissez la bonne réponse.

第一段　第一段

1. 小明為什麼這個星期比較忙？　　小明为什么这个星期比较忙？
   a. 因為要準備選課　　　　　a.因为要准备选课
   b. 因為忙著出去玩　　　　　b.因为忙著出去玩
   c. 因為要準備社團活動和考試　c.因为要准备社团活动和考试

2. 下個週末是什麼特別的日子？　　下个周末是什么特别的日子？
   a. 下個週末是媽媽的生日　　a.下个周末是妈妈的生日
   b. 下個週末是爸爸的生日　　b.下个周末是爸爸的生日
   c. 下個週末是妹妹的生日　　c.下个周末是妹妹的生日

第二段　第二段

3. 小明怎麼回家？　　　　小明怎么回家？
   a. 小明要坐公車回家　　a.小明要坐公车回家
   b. 小明要坐捷運回家　　b.小明要坐捷运回家
   c. 小明要坐火車回家　　c.小明要坐火车回家

4. 小明幾點到家？　　　小明几点到家？
   a. 七點二十分　　a.七点二十分
   b. 五點二十分　　b.五点二十分
   c. 六點半　　　　c.六点半

第三段　第三段

5. 小明回家的路上要順便做什麼？　a. 順便買晚餐　　b. 順便買蛋糕　　c. 順便買紅酒
   小明回家的路上要順便做什么？a.順便买晚餐　　b.順便买蛋糕　　c.順便买红酒

6. 爸爸的生日禮物是什麼呢？　　a. 蛋糕　　b. 紅酒　　c. 巧克力
   爸爸的生日礼物是什么呢？　　a.蛋糕　　b.红酒　　c.巧克力

🎧（二）**第二部分**　第二部分

Martin croise Li Lin devant la bibliothèque. Ils se mettent à discuter. Écoutez le dialogue puis choisissez la bonne réponse.

第一段　第一段

1. 馬丁來圖書館做什麼？　　a. 他來借書　　b. 他來找朋友　　c. 他來交報告
   马丁来图书馆做什么？　　a.他来借书　　b.他来找朋友　　c.他来交报告

2. 李琳為什麼來圖書館念書？　　a. 因為要準備報告　　b. 因為要準備考試　　c. 因為要教朋友中文

李琳为什么来图书馆念书？　a.因为要准备报告　b.因为要准备考试　c.因为要教朋友中文

第二段　第二段

3. 馬丁請李琳參加什麼活動？　a. 參加班級旅遊　b. 參加讀書會　c. 參加社團的期末表演
   马丁请李琳参加什么活动？　a.参加班级旅游　b.参加读书会　c.参加社团的期末表演

4. 馬丁參加什麼社團？　a.馬丁參加中國戲劇社　b. 馬丁參加游泳社　c. 馬丁參加魔術社
   马丁参加什么社团？　a.马丁参加中国戏剧社　b.马丁参加游泳社　c.马丁参加魔术社

5. 爲什麼馬丁參加這個社團？　a.因爲可以學習中國歷史　b.因爲可以了解中國文化
   c.因爲可以學習中文
   为什么马丁参加这个社团？　a.因为可以学习中国历史　b.因为可以了解中国文化
   c.因为可以学习中文

第三段　第三段

6. 馬丁的演出是什麼時候？　a.下個星期四晚上八點　b.下個星期四晚上七點　c.下個星期四晚上六點
   马丁的演出是什么时候？　a.下个星期四晚上八点　b.下个星期四晚上七点　c.下个星期四晚上六点

7. 李琳可能和誰一起去看表演？　a.和她的同學　b.和她的妹妹　c.和她的室友
   李琳可能和谁一起去看表演？　a.和她的同学　b.和她的妹妹　c.和她的室友

🎧(三) **第三部分** 第三部分

Martin et Nicolas discutent du choix de leurs cours. Écoutez le dialogue puis choisissez la bonne réponse.

第一段　第一段

1. 下個星期是什麼時間？　a.加退選的時間　b.開學的時間　c.期末考的時間
   下个星期是什么时间？　a.加退选的时间　b.开学的时间　c.期末考的时间

2. 馬丁和尼古拉都想選什麼課？　a.中國文化課　b.中國歷史課　c.中國美術課
   马丁和尼古拉都想选什么课？　a.中国文化课　b.中国历史课　c.中国美术课

第二段　第二段

3. 王明爲了選課，從什麼時候就開始準備了？　a.從上學期就開始準備了　b.從昨天就開始準備了　c.從半夜就開始準備了
   王明为了选课，从什么时候就开始准备了？　a.从上学期就开始准备了　b.从昨天就开始准备了　c.从半夜就开始准备了

4. 爲什麼選課讓馬丁很緊張？　a.因爲他擔心選不到課　b.因爲他在德國沒有選課的經驗
c.因爲他不會選課

为什么选课让马丁很紧张？　a.因为他担心选不到课　b.因为他在德国没有选课的经验
c.因为他不会选课

第三段　第三段

5. 選不到課的話，怎麼辦？　a.下個學期再選課　b.請老師加簽　c.請同學幫忙選課
选不到课的话，怎么办？　a.下个学期再选课　b.请老师加签　c.请同学帮忙选课

6. 馬丁可能對哪個社團感興趣呢？　a.魔術社　b.下棋社　c.籃球社
马丁可能对哪个社团感兴趣呢？　a.魔术社　b.下棋社　c.篮球社

(四) 篇章聽力　篇章听力

Écoutez l'enregistrement audio d'une annonce, puis choisissez la bonne réponse.

1. 請問這是什麼交通工具的廣播？　a.公車　b.火車　c.捷運
请问这是什麼交通工具的广播？　a.公车　b.火车　c.捷运

2. 請問這班車從哪裡開往哪裡？　a.從新店開往淡水　b.從淡水開往台北車站　c.從淡水
開往新店

请问这班车从哪里开往哪里？　a.从新店开往淡水　b.从淡水开往台北车站　c.从淡水
开往新店

3. 請問博愛座是給誰坐的？　a.老人和小孩　b.老人、懷孕的人和病人　c.老人、小孩和
懷孕的人

请问博爱座是给谁坐的？　a.老人和小孩　b.老人、怀孕的人和病人　c.老人、小孩和
怀孕的人

4. 請問乘客可以在哪兒轉車？　a.淡水　b.新店　c.台北車站
请问乘客可以在哪儿转车？　a.淡水　b.新店　c.台北车站

5. 請問捷運裡不能做什麼事？　a.說話和喝東西　b.講電話和吃東西　c.喝東西和吃東西
请问捷运里不能做什麼事？　a.说话和喝东西　b.讲电话和吃东西　c.喝东西和吃东西

Leçon 4

🎧 生詞 生词 Vocabulaire

	生詞 生词 mot	簡體 简体 Caractère simplifié	拼音 拼音 Pinyin	解釋 解释 signification
1	扮	扮	*bàn*	se déguiser en
2	幫助	帮助	*bāngzhù*	aider, aide
3	扮演	扮演	*bànyǎn*	jouer (un rôle)
4	便利	便利	*biànlì*	commode, pratique
5	病人	病人	*bìngrén*	patient, personne malade
6	不然	不然	*bùrán*	sinon
7	乘客	乘客	*chéngkè*	passager, voyageur (à bord d'un moyen de transport)
8	大城市	大城市	*dà chéngshì*	grande ville
9	方式	方式	*fāngshì*	façon, manière
10	各種各樣	各种各样	*gè zhǒng gè yàng*	divers(ses) façons
11	廣播	广播	*guǎngbò*	annonce publiée par voie audio (à l'aéroport, à la gare, dans le métro, etc.)
12	寂寞	寂寞	*jímò*	solitaire
13	角色	角色	*juésè*	rôle
14	角色扮演	角色扮演	*juésè bànyǎn*	jeu de rôle
15	李琳	李琳	*Lǐ Lín*	Li Lin (nom et prénom)
16	李偉	李伟	*Lǐ Wěi*	Li Wei (nom et prénom)
17	了解	了解	*liǎojiě*	comprendre
18	料理	料理	*liàolǐ*	cuisine(r) *litt.* «associer les ingrédients»
19	南下	南下	*nánxià*	"descendre" au sud
20	努力	努力	*nǔlì*	effort; s'efforcer
21	排行	排行	*páiháng*	classement; ordre
22	期待	期待	*qídài*	attendre (quelqu'un ou quelque chose) avec un fort espoir
23	期末	期末	*qímò*	fin du semestre d'une année scolaire

	生詞 生词 mot	簡體 简体 Caractère simplifié	拼音 拼音 Pinyin	解釋 解释 signification
24	期末考	期末考	*qímò kǎo*	examen final
25	如何	如何	*rúhé*	comment
26	探望	探望	*tànwàng*	rendre visite (à quelqu'un)
27	提早	提早	*tízǎo*	à l'avance, d'avance, par avance
28	外甥女	外甥女	*wàishēngnǚ*	nièce (fille de la sœur)
29	外孫女	外孙女	*wàisūnnǚ*	petite-fille (fille de la fille)
30	王明	王明	*Wáng Míng*	Wang Ming (nom et prénom)
31	新店	新店	*XīnDiàn*	Xindian (un district de la ville du Nouveau Taipei, à Taïwan)
32	演出	演出	*yǎnchū*	spectacle, représentation artistique ou de divertissement donnée en public
33	引導	引导	*yǐndǎo*	guider (moralement quelqu'un)
34	有些	有些	*yǒuxiē*	certains(es) ; il y a quelques (+ noms au pluriel)
35	原因	原因	*yuányīn*	cause, raison
36	增加	增加	*zēngjiā*	augmenter, accroître ; augmentation, accroissement

三、口語表達 口语表达 Expression orale

主題會話討論 主题会话讨论

(一) 主題討論 主题讨论 Discussions thématiques

1. 獨立 独立
   (1) 請問你多久回家一次？ 请问你多久回家一次？
   (2) 對你來說，獨立是什麼？ 对你来说，独立是什么？
   (3) 你覺得父母應該怎麼讓孩子學習獨立？ 你觉得父母应该怎么让孩子学习独立？

⑷ 你覺得不同國家的父母，讓孩子學習獨立的方式有什麼不同？

你觉得不同国家的父母，让孩子学习独立的方式有什么不同？

2. 學校與課外活動　學校与课外活动

⑴ 法國學生的社團活動多不多？你參加了哪些社團活動？

法国学生的社团活动多不多？你参加了哪些社团活动？

⑵ 對你來說，最重要的課外活動是什麼呢？

对你来说，最重要的课外活动是什么呢？

⑶ 你有沒有打工的經驗？如果有？是哪些？

你有没有打工的经验？如果有？是哪些？

⑷ 你覺得打工和念書哪個比較重要？爲什麼？

你觉得打工和念书哪个比较重要？为什么？

⑸ 因爲打工的關係，你學習到什麼？

因为打工的关系，你学习到什么？

3. 各個國家的交通　各个国家的交通

⑴ 你覺得法國鐵路如何？　你觉得法国铁路如何？

⑵ 其他國家比起來，法國的交通怎麼樣？　其他国家比起来，法国的交通怎么样？

⑶ 在法國，大城市都有什麼交通工具？　在法国，大城市都有什么交通工具？

⑷ 比較小的城市又有哪些交通工具呢？　比较小的城市又有哪些交通工具呢？

⑸ 你在其他國家搭過什麼特殊的交通工具呢？

你在其他国家搭过什么特殊的交通工具呢？

⑹ 你在台灣／中國或其他國家搭交通工具時，有什麼特別的經驗？

你在台湾／中国或其他国家搭交通工具时，有什么特别的经验？

(二) 角色扮演　角色扮演　Jeux de rôle

1. Complétez le dialogue ci-dessous : votre mère vous téléphone pour vous poser des questions sur votre vie à l'université.

A—媽媽；B—你　A—妈妈；B—你

A：你這學期選了哪些課呢？參加新的社團了嗎？

你这学期选了哪些课呢？参加新的社团了吗？

B：我選了＿＿＿＿＿和＿＿＿＿＿也參加了＿＿＿＿＿。

我选了＿＿＿＿＿和＿＿＿＿＿也参加了＿＿＿＿＿。

A：你這學期可忙了！＿＿＿＿＿＿＿＿＿＿＿＿＿＿＿

你这学期可忙了！＿＿＿＿＿＿＿＿＿＿＿＿＿＿＿

B：因爲＿＿＿＿＿＿＿的關係，＿＿＿＿＿＿＿＿

因为＿＿＿＿＿＿＿的关系，＿＿＿＿＿＿＿＿

A：放假的時候＿＿＿＿＿＿＿＿＿＿＿＿＿＿＿＿＿＿＿＿＿＿＿＿＿
　　放假的时候＿＿＿＿＿＿＿＿＿＿＿＿＿＿＿＿＿＿＿＿＿＿＿＿＿

B：＿＿＿＿＿＿＿＿＿＿＿＿＿＿＿＿＿＿＿＿＿＿＿＿＿＿＿＿＿＿＿
　　＿＿＿＿＿＿＿＿＿＿＿＿＿＿＿＿＿＿＿＿＿＿＿＿＿＿＿＿＿＿＿

A：＿＿＿＿＿＿＿＿＿＿＿＿＿＿＿＿＿＿＿＿＿＿＿＿＿＿＿＿＿＿＿
　　＿＿＿＿＿＿＿＿＿＿＿＿＿＿＿＿＿＿＿＿＿＿＿＿＿＿＿＿＿＿＿

B：＿＿＿＿＿＿＿＿＿＿＿＿＿＿＿＿＿＿＿＿＿＿＿＿＿＿＿＿＿＿＿
　　＿＿＿＿＿＿＿＿＿＿＿＿＿＿＿＿＿＿＿＿＿＿＿＿＿＿＿＿＿＿＿

2. Compétez le dialogue ci-dessous : A est un enfant unique et B est le troisième enfant dans sa famille. Ils parlent de leurs familles.

A—獨子；B—排行老三　A—独子；B—排行老三

A：你排行老三，你有哥哥還是姐姐吧？
　　你排行老三，你有哥哥还是姐姐吧？

B：是啊！我有＿＿＿＿＿＿＿＿＿＿＿＿＿＿＿＿＿＿＿＿＿＿＿＿＿
　　是啊！我有＿＿＿＿＿＿＿＿＿＿＿＿＿＿＿＿＿＿＿＿＿＿＿＿＿

A：我是獨子，所以我媽媽常常說我要學習獨立。
　　我是独子，所以我妈妈常常说我要学习独立。

B：你媽媽怎麼訓練你學習獨立呢？
　　你妈妈怎么训练你学习独立呢？

A：＿＿＿＿＿＿＿＿＿＿＿＿＿＿＿＿＿＿＿＿＿＿＿＿＿＿＿＿＿＿＿
　　＿＿＿＿＿＿＿＿＿＿＿＿＿＿＿＿＿＿＿＿＿＿＿＿＿＿＿＿＿＿＿

B：＿＿＿＿＿＿＿＿＿＿＿＿＿＿＿＿＿＿＿＿＿＿＿＿＿＿＿＿＿＿＿
　　＿＿＿＿＿＿＿＿＿＿＿＿＿＿＿＿＿＿＿＿＿＿＿＿＿＿＿＿＿＿＿

A：＿＿＿＿＿＿＿＿＿＿＿＿＿＿＿＿＿＿＿＿＿＿＿＿＿＿＿＿＿＿＿
　　＿＿＿＿＿＿＿＿＿＿＿＿＿＿＿＿＿＿＿＿＿＿＿＿＿＿＿＿＿＿＿

B：＿＿＿＿＿＿＿＿＿＿＿＿＿＿＿＿＿＿＿＿＿＿＿＿＿＿＿＿＿＿＿
　　＿＿＿＿＿＿＿＿＿＿＿＿＿＿＿＿＿＿＿＿＿＿＿＿＿＿＿＿＿＿＿

3. Complétez le dialogue ci-dessous : Un touriste chinois qui voyage en France pour la première fois. A vous demande vos conseils sur les transports en commun.

A—觀光客；B—同學　A—观光客；B—同学

A：你好，請問火車站在哪兒？
　　你好，请问火车站在哪儿？

B：從＿＿＿＿＿往＿＿＿＿＿走，就＿＿＿＿＿了。
从＿＿＿＿＿往＿＿＿＿＿走，就＿＿＿＿＿了。

A：謝謝，請問坐火車去柏林要多少錢？
谢谢，请问坐火车去柏林要多少钱？

B：不用坐火車，你可以坐＿＿＿＿＿去。
不用坐火车，你可以坐＿＿＿＿＿去。

A：＿＿＿＿＿

B：＿＿＿＿＿

A：＿＿＿＿＿

B：＿＿＿＿＿

四、篇章寫作 篇章写作 Expression écrite

Rédigez les textes en employant les structures et les mots proposés. Les questions sont le repère pour aider la composition des textes.

㈠ 家庭 家庭

建議句型 建议句型 Structures
對…來說、受到…的影響、不只…而且也、越來越…、因為…的關係
对…来说、受到…的影响、不只…而且也、越来越…、因为…的关系

生詞 生词 Mots nouveaux
並不、不像、習慣、獨立、排行、比方說、希望、改變、感情、照顧、生活、開始、學習、不但、解決、造成
并不、不像、习惯、独立、排行、比方说、希望、改变、感情、照顾、生活、开始、学习、不但、解决、造成

引導問題 引导问题 Questions
你家裡有幾個人？
你家里有几个人？
對你來說，哪個家人影響你最深？
对你来说，哪个家人影响你最深？

你在哪些地方受到這個家人的影響？
你在哪些地方受到这个家人的影响？

你和這個家人發生過什麼特別的事情？
你和这个家人发生过什么特别的事情？

因為家人的關係，你有什麼改變？
因为家人的关系，你有什么改变？

㈡ 大學生活　大学生活

建議句型　建议句型　Structures

各種各樣、對⋯有興趣、⋯的時候、不但 A 也 B、拿⋯來說、可以⋯、在⋯上、S1 讓 S2⋯VP

各种各样、对⋯有兴趣、⋯的时候、不但 A 也 B、拿⋯来说、可以⋯、在⋯上、S1 让 S2⋯VP

生詞　生词　Mots nouveaux

有趣、好奇、進步、活動、吸引、選擇、心動、同時、知識、包括、出現、許多、情況、另外

有趣、好奇、进步、活动、吸引、选择、心动、同时、知识、包括、出现、许多、情况、另外

引導問題　引导问题　Questions

你的學校有些什麼樣的活動？
你的学校有些什么样的活动？

學校放假的時候你喜歡做什麼？
学校放假的时候你喜欢做什么？

你對什麼樣的社團／打工有興趣？
你对什么样的社团／打工有兴趣？

學習中文能有什麼好處？
学习中文能有什么好处？

你的國家的學校生活有什麼有趣的地方？
你的国家的学校生活有什么有趣的地方？

㈢ 交通狀況　交通状况

建議句型　建议句型　Structures

跟A比起來⋯B、快⋯（要）⋯了、從⋯往⋯就⋯了、在⋯中、每⋯都
跟 A 比起来⋯B、快⋯（要）⋯了、从⋯往⋯就⋯了、在⋯中、每⋯都

Leçon 4

生詞　生词　Mots nouveaux
快速、擠、有名、家鄉、期間、理由、火車、捷運／地下鐵、大部分、省錢、快速、交通、其間
快速、挤、有名、家乡、期间、理由、火车、捷运／地下铁、大部分、省钱、快速、交通、其间

引導問題　引导问题　Questions
你覺得你的國家的交通便利嗎？
你觉得你的国家的交通便利吗？
在歐洲國家中，法國交通有名的原因是什麼？
在欧洲国家中，法国交通有名的原因是什么？
如果你沒有錢搭火車，有什麼省錢的方法嗎？
如果你没有钱搭火车，有什么省钱的方法吗？
你最常用的交通工具是什麼？火車／公車／捷運？
你最常用的交通工具是什么？火车／公车／捷运？
從你的家鄉到你念書的城市要多長時間？
从你的家乡到你念书的城市要多长时间？
放假的時候，大家都搭什麼交通工具回家？
放假的时候，大家都搭什么交通工具回家？

第五課 媒體 第五课 媒体
Leçon 5 : Les Médias

🎧 一、課文 课文 Textes

對話：媒體的吸引力 对话：媒体的吸引力

Dialogue : L'attraction des médias

Caractères traditionnels

尼古拉：小眞，你平常上課總是很準時，今天怎麼遲到了？發生了
　　　　什麼事了？

小　眞：眞是不好意思。因爲我昨天晚上找資料，不小心就過了上
　　　　床的時間，早上就起不來了。

尼古拉：我也常常這樣。我的房間沒有電視，不管什麼消息，我都
　　　　是靠網路得到的，所以總是花很多時間上網。

小　眞：你不看報紙嗎？

尼古拉：中文報紙對我來說還有一點兒難，所以我寧願看網路上的
　　　　法語新聞，也不願一邊看新聞，一邊還要查生字。因爲看

新聞對我來說是一種享受。

小　　眞：我可以了解你的心情，一來可以得到消息，二來也可以讓你不那麼想家。「網路無國界」嘛！你説是嗎？

尼古拉：你説得很對。儘管現在每個人都有手機，可是網路電話又方便又省錢。我也常常用網路電話跟在法國的家人和朋友聊天，眞是太方便了。

小　　眞：就是嘛！現代人的生活已經離不開電腦了。科技發展一天比一天快，讓我們的生活越來越方便，但是我有時候還是很懷念小時候聽廣播的日子。

尼古拉：什麼？你現在都不聽廣播了嗎？在法國，我還是很喜歡聽廣播。我特別喜歡一邊寫作業，一邊聽收音機裡的音樂節目。

小　　眞：我幾乎不聽了。光是電視、電腦、報紙這些五花八門的媒體就已經讓我忙不過來了。與其聽，不如看比較快。

尼古拉：説得也是。看你今天這麼無精打采的樣子，昨天晚上應該很晚才睡吧？對面有一家茶館，我請你去喝杯茶，怎麼樣？

小　　眞：太好了！我爲了寫報告已經差不多一個星期沒睡好覺了，每天都「夜以繼日」地寫報告，眞是太痛苦了。

尼古拉：還好你今天終於把報告交了，應該好好兒地放鬆一下，要不然身體會受不了的。

小　　眞：謝謝你！還是你最關心我。茶館到了，我們進去喝茶吧！

尼古拉：不客氣！好朋友就要互相照顧。説到好朋友，不知道馬丁現在在做什麼？我打電話給他，問他要不要過來跟我們一起喝茶。

小　　眞：那你就快打吧！我也好久沒看到他了。

Caractères simplifiés

尼古拉：小真，你平常上课总是很准时，今天怎么迟到了？发生了
　　　　什么事了？

小　真：真是不好意思。因为我昨天晚上找资料，不小心就过了上
　　　　床的时间，早上就起不来了。

尼古拉：我也常常这样。我的房间没有电视，不管什么消息，我都
　　　　是靠网路得到的，所以总是花很多时间上网。

小　真：你不看报纸吗？

尼古拉：中文报纸对我来说还有一点儿难，所以我宁愿看网路上的
　　　　法语新闻，也不愿一边看新闻，一边还要查生字。因为看
　　　　新闻对我来说是一种享受。

小　真：我可以了解你的心情，一来可以得到消息，二来也可以让
　　　　你不那么想家。「网路无国界」嘛！你说是吗？

尼古拉：你说得很对。尽管现在每个人都有手机，可是网路电话又
　　　　方便又省钱。我也常常用网路电话跟在法国的家人和朋友
　　　　聊天，真是太方便了。

小　真：就是嘛！现代人的生活已经离不开电脑了。科技发展一天
　　　　比一天快，让我们的生活越来越方便，但是我有时候还是
　　　　很怀念小时候听广播的日子。

尼古拉：什么？你现在都不听广播了吗？在法国，我还是很喜欢听
　　　　广播。我特别喜欢一边写作业，一边听收音机里的音乐节
　　　　目。

小　真：我几乎不听了。光是电视、电脑、报纸这些五花八门的媒
　　　　体就已经让我忙不过来了。与其听，不如看比较快。

尼古拉：说得也是。看你今天这么无精打采的样子，昨天晚上应该
　　　　很晚才睡吧？对面有一家茶馆，我请你去喝杯茶，怎么
　　　　样？

小　真：太好了！我为了写报告已经差不多一个星期没睡好觉了，
　　　　每天都「夜以继日」地写报告，真是太痛苦了。

尼古拉：还好你今天终於把报告交了，应该好好儿地放松一下，要
　　　　不然身体会受不了的。

小　真：谢谢你！还是你最关心我。茶馆到了，我们进去喝茶吧！

尼古拉：不客气！好朋友就要互相照顾。说到好朋友，不知道马丁
　　　　现在在做什么？我打电话给他，问他要不要过来跟我们一
　　　　起喝茶。

小　真：那你就快打吧！我也好久没看到他了。

 問題　問題　Questions

1. 小眞今天爲什麼遲到了？
   小真今天为什么迟到了？

---

2. 尼古拉爲什麼喜歡看網路新聞？
   尼古拉为什么喜欢看网路新闻？

---

3. 課文中提到哪些媒體？這些媒體對小眞和尼古拉的生活有什麼影響？
   课文中提到哪些媒体？这些媒体对小真和尼古拉的生活有什么影响？

---

4. 小眞今天爲什麼無精打采？
   小真今天为什么无精打采？

---

5. 在你的生活中，你常常使用哪些媒體？那些媒體對你的生活有什麼影響？
   在你的生活中，你常常使用哪些媒体？那些媒体对你的生活有什么影响？

🎧 文章：網路成癮 文章：网路成瘾
Texte L'addiction à Internet

Caractères traditionnels

　　原本上網的人大部分是經常使用電腦的學生，現在因爲用手機上網更方便了，上網也成爲一般人喜歡的活動。統計資料顯示，現在使用手機上網的人數比以前多了許多。

　　爲什麼有那麼多人喜歡上網呢？這或許不難理解，因爲使用網路有許多好處，除了能快速找到各種資料以外，也可以用即時通訊軟體與朋友聯絡；另外，有不少遊戲網站，吸引了許多喜歡電玩的人，也讓喜歡上網的人越來越多。

　　雖然網路有很多好處，但是上網也帶來許多負面的影響。不少學生在每天起床後的第一件事就是上網，每天花費太多時間在網路上；不只是學生，連許多過去反對青少年使用網路的成年人，現在也沉迷在網路世界中，讓自己的生活跟心情都受到影響。比方説許多上班族在上班時間使用網路處理私事、影響工作；有些家庭主婦有時間上網玩遊戲，卻沒有時間陪孩子。

　　研究網路現象的專家表示，許多人沒發現自己已經上癮了，這種對網路的依賴，很像是沉迷賭博的情況，要戒掉並不容易。因此，專家建議，每天上網的時間最好不要超過兩個小時。

Caractères simplifiés

　　原本上网的人大部分是经常使用电脑的学生，现在因为用手机上网更方便了，上网也成为一般人喜欢的活动。统计资料显示，现在使用手机上网的人数比以前多了许多。

　　为什么有那么多人喜欢上网呢？这或许不难理解，因为使用网路有许多好处，除了能快速找到各种资料以外，也可以用即时通讯软体与朋友联络；另外，有不少游戏网站，吸引了许多喜欢电玩的人，也让喜欢上网的人越来越多。

　　虽然网路有很多好处，但是上网也带来许多负面的影响。不少

学生在每天起床后的第一件事就是上网，每天花费太多时间在网路上；不只是学生，连许多过去反对青少年使用网路的成年人，现在也沉迷在网路世界中，让自己的生活跟心情都受到影响。比方说许多上班族在上班时间使用网路处理私事、影响工作；有些家庭主妇有时间上网玩游戏，却没有时间陪孩子。

研究网路现象的专家表示，许多人没发现自己已经上瘾了，这种对网路的依赖，很像是沉迷赌博的情况，要戒掉并不容易。因此，专家建议，每天上网的时间最好不要超过两个小时。

 問題 问题 Questions

1. 現在手機也能上網了，這對上網現象有什麼影響？
   现在手机也能上网了，这对上网现象有什么影响？

---

2. 爲什麼很多人都喜歡上網？
   为什么很多人都喜欢上网？

---

3. 上網對一般人的生活有什麼負面的影響？
   上网对一般人的生活有什么负面的影响？

---

4. 研究網路的專家對一般人沉迷網路的情況有什麼看法？
   研究网路的专家对一般人沉迷网路的情况有什么看法？

---

5. 你也常用手機上網嗎？你用手機上網做什麼？
   你也常用手机上网吗？你用手机上网做什么？

🎧 二、生詞 生词 Vocabulaire 🔊

🎧 對話 对话 Dialogue

	生詞 生词 mot	簡體 简体 Caractère simplifié	拼音 拼音 Pinyin	解釋 解释 signification
1	媒體	媒体	*méitǐ*	média
2	總是	总是	*zǒngshì*	Toujours, en permanence
3	資料	资料	*zīliào*	document, documentation
4	上床	上床	*shàngchuáng*	aller au lit, se coucher
5	不管	不管	*bùguǎn*	peu importe ; quel(le) que soit...
6	消息	消息	*xiāoxí*	nouvelle
7	靠	靠	*kào*	compter sur
8	寧願	宁愿	*níngyuàn*	préférer (à)
9	享受	享受	*xiǎngshòu*	jouir de
10	心情	心情	*xīnqíng*	humeur
11	國界	国界	*guójiè*	frontière nationale
12	儘管	尽管	*jǐnguǎn*	quoique, bien que
13	現代	现代	*xiàndài*	moderne
14	科技	科技	*kējì*	sciences et technologie
15	發展	发展	*fāzhǎn*	développer ; développement
16	懷念	怀念	*huáiniàn*	se remémorer, se souvenir de
17	收音	收音	*shōuyīn*	réception du son
18	收音機	收音机	*shōuyīnjī*	poste / récepteur de radio
19	節目	节目	*jiémù*	programme (des émissions de télévision ou de radio)
20	幾乎	几乎	*jīhū*	presque
21	五花八門	五花八门	*wǔhuābāmén*	divers(es), varié(es) (littéralement « cinq fleurs, huit portes »)
22	無精打采	无精打采	*wújīngdǎcǎi*	apathique et déprimé(e)
23	報告	报告	*bàogào*	rapport, texte écrit pour rendre compte d'un événement ou d'un témoignage

	生詞 生词 mot	簡體 简体 Caractère simplifié	拼音 拼音 Pinyin	解釋 解释 signification
24	夜以繼日	夜以继日	*yèyǐjìrì*	24 heures sur 24 ; sans arrêt
25	痛苦	痛苦	*tòngkǔ*	douloureux ; souffrance, peine
26	終於	终于	*zhōngyú*	enfin
27	放鬆	放松	*fàngsōng*	se relaxer, se détendre
28	身體	身体	*shēntǐ*	corps ; santé
29	受不了	受不了	*shòubùliǎo*	ne pas supporter
30	關心	关心	*guānxīn*	se préoccuper de, se soucier de

文章 文章 Texte

	生詞 生词 mot	簡體 简体 Caractère simplifié	拼音 拼音 Pinyin	解釋 解释 signification
1	成癮	成瘾	*chéngyǐn*	addiction, dépendance
2	原本	原本	*yuánběn*	à l'origine
3	經常	经常	*jīngcháng*	souvent, fréquemment
4	成為	成为	*chéngwéi*	devenir (suivi d'un nom)
5	統計	统计	*tǒngjì*	statistique
6	顯示	显示	*xiǎnshì*	montrer
7	或許	或许	*huòxǔ*	peut-être
8	理解	理解	*lǐjiě*	comprendre
9	好處	好处	*hǎochù*	avantage
10	即時通訊軟體	即时通讯软体	*jíshítōngxùnruǎntǐ*	Logiciel de messagerie instantanée (Skype, WhatsApp, Messenger, etc.)
11	聯絡	联络	*liánluò*	contacter
12	遊戲	游戏	*yóuxì*	jeu
13	網站	网站	*wǎngzhàn*	Site Web, site Internet
14	遊戲網站	游戏网站	*yóuxì wǎngzhàn*	site pour jouer à des jeux en ligne

	生詞 生词 mot	簡體 简体 Caractère simplifié	拼音 拼音 Pinyin	解釋 解释 signification
15	電玩	电玩	*diànwán*	jeux vidéo
16	負面	负面	*fùmiàn*	négatif(ve)
17	過去	过去	*guòqù*	passé, ce qui appartient à une époque révolue
18	反對	反对	*fǎnduì*	être contre
19	青少年	青少年	*qīngshàonián*	adolescent(e)
20	成年人	成年人	*chéngniánrén*	adulte
21	沉迷	沉迷	*chénmí*	s'enfoncer (dans...)
22	上班族	上班族	*shàngbānzú*	employé(e) de bureau
23	私事	私事	*sīshì*	affaire privée
24	家庭主婦	家庭主妇	*jiātíngzhǔfù*	femme au foyer
25	卻	却	*què*	pourtant (placé après le sujet ou avant le verbe)
26	因此	因此	*yīncǐ*	par conséquent
27	專家	专家	*zhuānjiā*	spécialiste, expert
28	上癮	上瘾	*shàngyǐn*	devenir accro, être dépendant(e) (du jeu, de la drogue, de l'alcool, etc.)
29	賭博	赌博	*dǔbó*	jeu, activité qui fait intervenir le hasard et où on risque de l'argent
30	戒掉	戒掉	*jièdiào*	s'abstenir de
31	超過	超过	*chāoguò*	dépasser

一般練習生詞 一般练习生词 Vocabulaire supplémentaire

	生詞 生词 mot	簡體 简体 Caractère simplifié	拼音 拼音 Pinyin	解釋 解释 signification
1	不合	不合	*bùhé*	(être en) désaccord ; ne pas s'entendre (avec quelqu'un)

	生詞 生词 mot	簡體 简体 Caractère simplifié	拼音 拼音 Pinyin	解釋 解释 signification
2	吵架	吵架	*chǎojià*	se disputer
3	出口	出口	*chūkǒu*	exporter ; exportation ; (parole) sortir de la bouche
4	戒除	戒除	*jièchú*	s'abstenir de
5	接著	接着	*jiēzhe*	ensuite ; suivre, se trouver directement en derrière
6	藉著	藉着	*jièzhe*	à travers, par
7	就算	就算	*jiùsuàn*	même si
8	控制	控制	*kòngzhì*	contrôler
9	聯繫	联系	*liánxì*	contacter ; contact
10	取消	取消	*qǔxiāo*	annuler ; annulation
11	搜尋	搜寻	*sōuxún*	rechercher ; recherche, effort pour trouver (de quelque chose)
12	所有的	所有的	*suǒyǒude*	Tous (+ N)
13	像是	像是	*xiàngshì*	comme
14	只好	只好	*zhǐhǎo*	être obligé(e) de
15	只要	只要	*zhǐyào*	à condition de / que

三、語法練習 语法练习 Grammaire

 I **Construction « 不管 不管 *bùguǎn* ... ，都 都 *dōu* »**

不管 不管	什麼消息， 什么消息， 有沒有錢， 有没有钱， 去不去 去不去	我 我 你 你 他 他	都 都	是靠網路得到。 是靠网路得到。 得工作 得工作 要給我打電話 要给我打电话

La construction « 不管 不管 *bùguǎn* ...，都 都 *dōu* » exprime un fait ou un résultat certain, quelque soit la condition ou la situation. La conjonction « 不管 不管 *bùguǎn* » peut être suivi d'un pronom interrogatif, de la structure « V 不 不 *bù* V » (verbe en forme affirmatif-négatif), ou de la construction « A 還是 还是 *háishi*B » (A ou B). Se trouvant dans la principale, l'adverbe « 都 都 *dōu* » introduit le fait ou le résultat certain.

1. 不管什麼消息，我都是靠網路得到的。　不管什么消息，我都是靠网路得到的。

   Bùguǎn shénme xiāoxi, wǒ dōu shì kào wǎnglù dédào de.

   (Quelles que soient des nouvelles, je les reçois par Internet.)

2. 不管去不去，他都要打個電話給我。　不管去不去，他都要打个电话给我。

   Bùguǎn qù bú qù, tā dōu yào dǎ ge diànhuà gěi wǒ.

   (Peu importe il y va ou pas, il devra me téléphoner.)

✎ 試試看：以「不管…，都」造句。　試试看：以「不管…，都」造句。

所有的消息我都是靠網路得到的。→不管什麼消息，我都是靠網路得到的。

所有的消息我都是靠网路得到的。→不管什么消息，我都是靠网路得到的。

1. 我已經點了這道菜，吃要付錢，不吃也要付錢。

   我已经点了这道菜，吃要付钱，不吃也要付钱。

   →我已經點了這道菜，不管　　　　　　　　　，都　　　　　　　　　。
   →我已经点了这道菜，不管　　　　　　　　　，都　　　　　　　　　。

2. 這件大衣樣式很好看，就算尺寸不合，我也要買。

   这件大衣样式很好看，就算尺寸不合，我也要买。

   →這件大衣樣式很好看，不管　　　　　　　，我都　　　　　　　　。
   →这件大衣样式很好看，不管　　　　　　　，我都　　　　　　　　。

3. 這裡的風景很漂亮，只要來過，每個人都喜歡。（換成「誰」）

   这里的风景很漂亮，只要来过，每个人都喜欢。（换成「谁」）

   →這裡的風景很漂亮，　　　　　　　　　　，　　　　　　　　　　。
   →这里的风景很漂亮，　　　　　　　　　　，　　　　　　　　　　。

4. 這次旅行，參加要告訴老師，不參加也要告訴老師。

   这次旅行，参加要告诉老师，不参加也要告诉老师。

→這次旅行，　　　　　　　　　　　，　　　　　　　　　　　　　　　　　　。

→这次旅行，　　　　　　　　　　　，　　　　　　　　　　　　　　　　　　。

5. 亞洲的少子化情況越來越嚴重，歐洲的少子化情況也越來越嚴重。

亚洲的少子化情况越来越严重，欧洲的少子化情况也越来越严重。

→

→

 II Construction « 寧願 宁愿 *níngyuàn*+ A，也不 也不 *yěbù* + B »

Dans la construction « 寧願 宁愿 *níngyuàn*+ A，也不 也不 *yěbù* + B », on n'est satisfait ni de A ni de B. S'il faut faire un choix, on préfère A.

 試試看：以「寧願…，也不…」造句。

试试看：以「宁愿…，也不…」造句。

例 例 Exemple：

中文報紙對我還有一點兒難，所以我寧願看網路上的法語新聞，也不願意一邊查生字，一邊看報紙上的新聞。

中文报纸对我还有一点儿难，所以我宁愿看网路上的法语新闻，也不愿意一边查生字，一边看报纸上的新闻。

1. 這家餐廳的菜難吃極了，我寧願　　　　　　　　，也不　　　　　　　　。

这家餐厅的菜难吃极了，我宁愿　　　　　　　　，也不　　　　　　　　。

2. 現在很多的女人寧願　　　　　　，也不　　　　　　　　。

现在很多的女人宁愿　　　　　　，也不　　　　　　　　。

3. A：你為什麼要找房子，不住宿舍？

你为什么要找房子，不住宿舍？

B：宿舍太吵了，　　　　　　　　　　　　　　　　。

宿舍太吵了，　　　　　　　　　　　　　　　　。

4. A：你怎麼不跟馬丁去看電影？

　　　你怎么不跟马丁去看电影？

　B：我們吵架了。

　　　我们吵架了。

5. A：你怎麼不去排隊選課？

　　　你怎么不去排队选课？

　B：人太多了，　　　　　　　　　　　　　　　　　。

　　　人太多了，　　　　　　　　　　　　　　　　　。

 Construction « 一來 一来 _yìlái_ ...，二來 二来 _èrlái_ ... »

La construction « 一來 一来 _yìlái_ ...，二來 二来 _èrlái_ ... » peut se traduire comme « premièrement…, deuxièment... », elle est employée pour donner ses deux points de vue vis-à-vis de quelque chose.

 試試看：以「一來…，二來…」造句。

試試看：以「一来…，二来…」造句。

例 例 Exemple：

我可以了解你的心情，看網路法語新聞，一來可以得到消息，二來也可以讓你不那麼想家。

我可以了解你的心情，看网路法语新闻，一来可以得到消息，二来也可以让你不那么想家。

1. 學習外語有很多好處，一來　　　　　　　，二來　　　　　　　。

　 学习外语有很多好处，一来　　　　　　　，二来　　　　　　　。

2. 讓孩子學習做家事是應該的，一來　　　　　，二來　　　　　　。

　 让孩子学习做家事是应该的，一来　　　　　，二来　　　　　　。

3. 我喜歡打工，　　　　　　　　　　　　　　　　　　　　。

　 我喜欢打工，　　　　　　　　　　　　　　　　　　　　。

4. 老闆沒有錄取林小姐，　　　　　　　　　　　　　　　　。

　 老板没有录取林小姐，　　　　　　　　　　　　　　　　。

5. 我沒修這門翻譯課，   。

我没修这门翻译课，   。

 IV **Syntaxe « 儘管 尽管 *jǐnguǎn* / 雖然 虽然 *suīrán...*，（但是 但是 *dànshì* / 可是 可是 *kěshì*) Sujet (還是 还是 *háishì*)... »**

La syntaxe exprime une concession ou une reconnaissance. La conjonction « 儘管 尽管 *jǐnguǎn* » ou « 雖然 虽然 *suīrán* » (quoique / bien que) introduisent une subordonnée qui marque une opposition. La principale suivante peut être distinguée par 但是 但是 *dànshì* » ou « 可是 可是 *kěshì*) » (néanmoins) et présente un fait ou un résultat immuable. En outre, « 還是 还是 *háishì* » (tout de même) se place souvent après le sujet.

 試試看：以「儘管（雖然）…，（但是／可是）S（還是）…」造句。

试试看：以「尽管（虽然）…，（但是／可是）S（还是）…」造句。

例 例 Exemple：

1. 雖然現在每個人都有手機，可是網路電話又方便又省錢。

   虽然现在每个人都有手机，可是网路电话又方便又省钱。

2. 儘管上網讀新聞的人越來越多，但是有些人還是習慣買報紙。

   尽管上网读新闻的人越来越多，但是有些人还是习惯买报纸。

1. 儘管這個電子產品很貴，但是   （買）。

   尽管这个电子产品很贵，但是   （买）。

2. 儘管天氣不好，   。

   尽管天气不好，   。

3. 儘管身體不舒服，   。

   尽管身体不舒服，   。

4.   ，但是我還是到處走走，參觀了很多地方。

                          ，但是我还是到处走走，参观了很多地方。

5.   ，但是我還是想出去散步。

                          ，但是我还是想出去散步。

V Construction « 光是 光是 *guāngshì* ...就 就 *jiù* ...»

Signifiant « seul / seulement / simplement », l'adverbe « 光是 光是 *guāngshì* » est suivi d'un nom ou d'une locution nominale. L'adverbe « 就 就 *jiù* » conclut que la quantité ou le degré est bien plus élevé que prévu.

 ### 試試看：以「光是…就…」造句。 試試看：以「光是…就…」造句。

例 例 Exemple：

光是電視、電腦、報紙這些五花八門的媒體就已經快要讓我忙不過來了，哪裡還有時間聽收音機呢！
光是电视、电脑、报纸这些五花八门的媒体就已经快要让我忙不过来了，哪里还有时间听收音机呢！

1. 這次旅行很累，轉機花了一天的時間。
   这次旅行很累，转机花了一天的时间。

   →

   →

2. 最近生病的人很多，我的同事有一半的人在咳嗽。
   最近生病的人很多，我的同事有一半的人在咳嗽。

   →

   →

3. 今天公司很忙，秘書早上接聽了五十通電話。
   今天公司很忙，秘书早上接听了五十通电话。

   →

   →

4. 下班後大家一起吃飯，喝了一打啤酒。
   下班后大家一起吃饭，喝了一打啤酒。

→

→

5. 這星期的功課又多又難，要寫兩個報告。
这星期的功课又多又难，要写两个报告。

→

→

VI Construction « 在 在 *zài* ...後 后 *hòu* ...»

La construction « 在 在 *zài*...後 后 *hòu* » signife « après ». Elle introduit une action ou un événement antérieur au verbe de la principale.

✏ 試試看：以「在…後」造句。 试试看：以「在…后」造句。

例 例 Exemple：

不少學生在每天起床後的第一件事就是上網。
不少学生在每天起床后的第一件事就是上网。

1. 　　　　　　　　　　　　　　　後，媽媽必須一個人照顧我們。
　　　　　　　　　　　　　　　后，妈妈必须一个人照顾我们。

2. 　　　　　　　　　　　　　　　，請你在 3 號出口等人。
　　　　　　　　　　　　　　　，请你在 3 号出口等人。

3. 　　　　　　　　　　　　　　　，我們有十年沒見面了。
　　　　　　　　　　　　　　　，我们有十年没见面了。

4. 在畢業後，　　　　　　　　　　　　　　　　。
　 在毕业后，　　　　　　　　　　　　　　　　。

5. 在大吃一頓後，　　　　　　　　　　　　　　。
　 在大吃一顿后，　　　　　　　　　　　　　　。

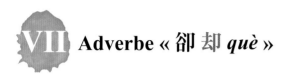 **Adverbe « 卻 却 què »**

L'adverbe « 卻 却 *què* » signifie « pourtant » et il est placé soit après le sujet, soit avant le verbe.

 試試看：以「卻…」造句。 试试看：以「却…」造句。

例 例 Exemple：

有些家庭主婦有時間上網玩遊戲，卻沒有時間陪孩子。

有些家庭主妇有时间上网玩游戏，却没有时间陪孩子。

1. 雖然新工作非常累，工資　　　　　　　　　　　　　。

　　虽然新工作非常累，工资　　　　　　　　　　　　　。

2. 現在雖然是冬天，天氣　　　　　　　　　　　　　　。

　　现在虽然是冬天，天气　　　　　　　　　　　　　　。

3. 父母雖然想改變孩子依賴的習慣，可是孩子　　　　　　。

　　父母虽然想改变孩子依赖的习惯，可是孩子　　　　　　。

四、慣用語 惯用语 Expressions courantes

1. 五花八門 五花八门 wǔ huā bā mén

    Littéralement: « cinq fleurs et huit portes » . Expression utilisée pour décrire une myriade, une multitude de diverses choses, « toutes sortes de … »

    比喻種類很多。例：這家店賣的東西五花八門，什麼東西都有。

    比喻种类很多。例：这家店卖的东西五花八门，什么东西都有。

2. 無精打采 无精打采 wú jīng dǎ cǎi

    Littéralement: « sans énergie vitale, teint cassé ». En français, « blafard et apathique，sans vivacité ».

    沒精神、提不起勁的樣子。也寫做「沒精打采」。例：馬丁昨天熬夜念書，所以今天看起來無精打采。

    没精神、提不起劲的样子。也写做「没精打采」。例：马丁昨天熬夜念书，所以今天看起来无精打采。

3. 夜以繼日 夜以继日 yè yǐ jì rì

    « La nuit continue dans le jour » : expression utilisée pour décrire des efforts sans relâche, qui se poursuivent jour et nuit.

🎧 五、口語／聽力練習 口语／听力练习
Compréhension / Expression orale

(一) Utilisez les mots ci-dessous pour parler des problèmes d'addiction à Internet des étudiants.

熬夜	上網	痛苦	網路	上癮	交朋友	搜尋	資料	校園	發達	方便
熬夜	上网	痛苦	网路	上瘾	交朋友	搜寻	资料	校园	发达	方便

發現	戒除	增加	減少	家人	相處	聯絡	做運動	培養	興趣	控制
发现	戒除	增加	减少	家人	相处	联络	做运动	培养	兴趣	控制

(二) Écoutez l'enregistrement audio et choisissez entre « vrai » ou « faux ».

	對 对	錯 错
1. 對網路上癮的人常熬夜使用網路。 对网路上瘾的人常熬夜使用网路。	☐ ☐	☐ ☐
2. 對網路上癮的人可能不太喜歡交朋友。 对网路上瘾的人可能不太喜欢交朋友。	☐ ☐	☐ ☐
3. 學生家裡都有網路，所以容易對網路上癮。 学生家里都有网路，所以容易对网路上瘾。	☐ ☐	☐ ☐
4. 對網路上癮的人常常發現自己的問題。 对网路上瘾的人常常发现自己的问题。	☐ ☐	☐ ☐
5. 多做運動對戒除網路有幫助。 多做运动对戒除网路有帮助。	☐ ☐	☐ ☐
6. 只有學生有可能對網路上癮。 只有学生有可能对网路上瘾。	☐ ☐	☐ ☐

(三) Écoutez à nouveau l'enregistrement audio, afin de compléter les mots manquants dans les phrases ci-dessous.

    1. 已經半夜三點了，你＿＿＿＿不睡覺，也要＿＿＿＿嗎？

       已经半夜三点了，你＿＿＿＿不睡觉，也要＿＿＿＿吗？

2. 光上網就用掉了你每天_____嗎？

光上网就用掉了你每天_____吗？

3. 雖然網路很方便，有很多好處，像是可以快速_____，得到_____，與朋友聯繫、交新朋友等，卻也給使用的人，特別是_____帶來不好的影響。

虽然网路很方便，有很多好处，像是可以快速_____，得到_____，与朋友联系，交新朋友等，却也给使用的人，特别是_____带来不好的影响。

4. _____最容易對網路上癮，因為_____，再加上_____的發達，讓學生_____，也得_____使用網路，所以成為最容易對網路上癮的人。

_____最容易对网路上瘾，因为_____，再加上_____的发达，让学生_____，也得_____使用网路，所以成为最容易对网路上瘾的人。

5. 網路成癮很難靠_____戒除，如果發現自己對上網已經有上癮的現象，應該找_____、_____或_____討論。

网路成瘾很难靠_____戒除，如果发现自己对上网已经有上瘾的现象，应该找_____、_____或_____讨论。

6. 藉著增加與_____、_____的時間，這樣能幫助自己減少_____的時間。

藉着增加与_____、_____的时间，这样能帮助自己减少_____的时间。

7. 放假的時候，可以出門_____，或培養別的_____，讓自己不再受到_____。

放假的时候，可以出门_____，或培养别的_____，让自己不再受到_____。

㈣ Discutez les questions ci-dessous avec vous camarades.

1. 你每天花多少時間使用網路？你用網路做什麼事？你覺得自己有上網成癮的問題嗎？

你每天花多少时间使用网路？你用网路做什么事？你觉得自己有上网成瘾的问题吗？

2. 在你的國家，上網成癮的人多不多？為什麼？

在你的国家，上网成瘾的人多不多？为什么？

3. 你覺得網路給我們的生活帶來什麼好處與壞處？

你觉得网路给我们的生活带来什么好处与坏处？

六、句子重組 句子重组
Phrases à remettre dans l'ordre

1. 我　也不願　一邊還要查生字。　一邊看新聞　法語新聞，　寧願看網路上的
   我　也不愿　一边还要查生字。　一边看新闻　法语新闻，　宁愿看网路上的

2. 媒體　光是電視、電腦、已經　忙不過來了。　報紙這些　讓我　五花八門的　就
   媒体　光是电视、电脑、已经　忙不过来了。　报纸这些　让我　五花八门的　就

3. 沉迷賭博的情況。　研究網路現象的　很像是　許多人沒發現　專家表示，　自己已
   經上癮了，　這種對網路的依賴，
   沉迷赌博的情况。　研究网路现象的　很像是　许多人没发现　专家表示，　自己已
   经上瘾了，　这种对网路的依赖，

4. 反對青少年　使用網路的　在網路世界中。　成年人，　不只是學生，連許多過去
   現在也沉迷
   反对青少年　使用网路的　在网路世界中。　成年人，　不只是学生，连许多过去
   现在也沉迷

5. 上網玩遊戲，　有些家庭主婦　陪孩子。　有時間　沒有時間　卻
   上网玩游戏，　有些家庭主妇　陪孩子。　有时间　没有时间　却

七、綜合練習 综合练习 Exercices supplémentaires

 I 說一說 说一说 Expression orale

㈠ 問題討論 问题讨论 Discussion
　1.說到網路成癮，在你看來，戒掉網路成癮習慣的方法有哪些？
　　说到网路成瘾，在你看来，戒掉网路成瘾习惯的方法有哪些？

A propos de la dépendance à Internet, quelles méthodes conseilleriez-vous pour se désaccoutumer ?

（Utilisez les formes: 寧願～也不 宁愿～也不、對～來說 对～来说、儘管～但是 儘管～但是）

2. 在你的國家，有哪些受青少年歡迎的熱門網站？爲什麼？

在你的国家，有哪些受青少年欢迎的热门网站？为什么？

Dans votre pays, quels sites internet sont très appréciés par les adolescents? Pourquoi?

（二）分組辯論：請選一題，分贊成和反對兩組進行辯論。 分组辩论：请选一题，分赞成和反对两组进行辩论。 Formez des groupes: pour ou contre une des affirmations suivantes, et débattez-en avec un groupe opposé.

1. 網路對學生來說好處比壞處多。网路对学生来说好处比坏处多。Internet a plus d'avantages que d'inconvénients pour les élèves.

2. 政府應該開放媒體自由。 政府应该开放媒体自由。 Un gouvernement doit donner la liberté aux médias.

（Utilisez les formes: 光～就 光～就、儘管～但是 尽管～但是、說到 说到、與其～不如 与其～不如、一來～二來～ 一来～二来～、一是～二是 一是～二是～、一方面～另一方面～ 一方面～另一方面～、對我來說… 对我来说…）

 II 讀一讀 读一读 Compréhension écrite : les programmes télé

1. 尼古拉今天晚上想看中文新聞。請幫他找找，幾點有中文新聞？

尼古拉今天晚上想看中文新闻。请帮他找找，几点有中文新闻？

Nicolas voudrait regarder les informations en chinois ce soir. Aidez-le à les trouver : à quelle heure y en a-t-il ?

2. 你對哪些節目有興趣？對哪些節目沒有興趣？

你对哪些节目有兴趣？对哪些节目没有兴趣？

Quels programmes vous intéressent-ils ? Et quels programmes ne vous intéressent-ils pas?

（Utilisez la forme : 對…有興趣 对…有兴趣）

2012 年 4 月 25 日（三） 2012 年 4 月 25 日（三）	
時間 时间	播出節目 播出节目
13:00	網球比賽 网球比赛
15:00	運動世界 运动世界

2012 年 4 月 25 日（三）	2012 年 4 月 25 日（三）
時間 时间	播出節目 播出节目
16:00	台灣新聞 台湾新闻
17:30	辛普森家庭 辛普森家庭
18:00	南方公園 南方公园
18:30	藍色小精靈 蓝色小精灵
18:58	世界晚間新聞 世界晚间新闻
20:00	誰來晚餐 谁来晚餐
22:00	慾望城市 欲望城市
23:00	二十四小時 二十四小时
00:00	旅遊天下 旅游天下
02:00	脫口秀 脱口秀
03:00	Star Wars 星戰擂台 Star Wars 星战擂台
04:00	貞觀之治〈重播〉 贞观之治〈重播〉

 寫一寫 写一写 **Expression écrite**

在你的國家可以找到哪些跟中文有關的媒體 在你的国家可以找到哪些跟中文有关的媒体 如中文報紙、中文電視、中文廣播或學習中文的網站。請兩人一組寫一篇部落格（blog） 文章介紹這個中文媒體。（請用這一課學到的四種複句句型）

如中文报纸、中文电视、中文广播或学习中文的网站。请两人一组写一篇部落格（blog） 文章介绍这个中文媒体。（请用这一课学到的四种复句句型）

Dans votre pays, quels médias pouvez-vous trouver en rapport avec la langue chinoise ? Par exemple : journaux quotidiens, télévision, programmes de radio, sites Internet avec des cours de chinois ? Formez des groupes de deux personnes et rédigez un article de blog sur l'utilisation de ces médias pour l'étude des langues. (Utilisez au moins quatre modèles de phrases préalablement appris de structure complexe).

 眞實語料 真实语料 **Document authentique**

㈠ 請你先寫問卷再讀一讀下面的評量表，看看你是否也上癮了？

　　请你先写问卷再读一读下面的评量表，看看你是否也上瘾了？

Lisez d'abord le test suivant, puis remplissez-le. Alors, êtes-vous dépendant à Internet ?
Lisez la réponse.

網路上癮問卷 网路上瘾问卷 Test de dépendance à Internet
(Kimberly S.Young, Pittsburgh University, USA)

問題 问题	幾乎不會 / 幾乎不會 1	偶爾 / 偶爾 2	常常 / 常常 3	幾乎常常 / 幾乎常常 4	总是如此 / 總是如此 5
你會發現上網時間超過原先的計劃時間？ 你会发现上网时间超过原先的计划时间？	☐	☐	☐	☐	☐
你會不顧該做的事而都將時間用來上網？ 你会不顾该做的事而都将时间用来上网？	☐	☐	☐	☐	☐
你會覺得上網的興奮感更勝於對伴侶之間的親密感嗎？ 你会觉得上网的兴奋感更胜于对伴侣之间的亲密感吗？	☐	☐	☐	☐	☐
你常會在網路上結交朋友嗎？ 你常会在网路上结交朋友吗？	☐	☐	☐	☐	☐
你會因為在上網耗費時間的問題而受他人抱怨嗎？ 你会因为在上网耗费时间的问题而受他人抱怨吗？	☐	☐	☐	☐	☐
你會因為上網耗費時間而產生課業或工作上的困擾嗎？ 你会因为上网耗费时间而产生课业或工作上的困扰吗？	☐	☐	☐	☐	☐
你會不自由自主的檢查電子郵件信箱嗎？ 你会不自由自主的检查电子邮件信箱吗？	☐	☐	☐	☐	☐
你會因為上網而使得工作表現或成績不理想嗎？ 你会因为上网而使得工作表现或成绩不理想吗？	☐	☐	☐	☐	☐
當有人問你在網上做什麼的時候，你會有所防衛或隱瞞嗎？ 当有人问你在网上做什么的时候，你会有所防卫或隐瞒吗？	☐	☐	☐	☐	☐

問題 问题	几乎不会 1	幾乎不會 1	偶尔 2	偶爾 2	常常 3	常常 3	几乎常常 4	幾乎常常 4	总是如此 5	總是如此 5
你會因為現實生活紛擾不安而在上網後得到慰藉嗎？ 你会因为现实生活纷扰不安而在上网后得到慰藉吗？	☐		☐		☐		☐		☐	
再次上網之前你會迫不及待的提前上網嗎？ 再次上网之前你会迫不及待的提前上网吗？	☐		☐		☐		☐		☐	
你會覺得少了網路，人生是黑白的嗎？ 你会觉得少了网路，人生是黑白的吗？	☐		☐		☐		☐		☐	
若有人在你上網時打擾你，你會叫罵或是感到妨礙嗎？ 若有人在你上网时打扰你，你会叫骂或是感到妨碍吗？	☐		☐		☐		☐		☐	
你會因為上網而犧牲晚上睡眠嗎？ 你会因为上网而牺牲晚上睡眠吗？	☐		☐		☐		☐		☐	
你會在離線時對網路念念不忘，或是一上網便充滿遐思嗎？ 你会在离线时对网路念念不忘，或是一上网便充满遐思吗？	☐		☐		☐		☐		☐	
當你上網後會常常說「再幾分鐘就好了」這句話嗎？ 当你上网后会常常说「再几分钟就好了」这句话吗？	☐		☐		☐		☐		☐	
你有嘗試縮減上網時間卻失敗的經驗嗎？ 你有尝试缩减上网时间却失败的经验吗？	☐		☐		☐		☐		☐	
你會試著隱瞞自己的上網時數嗎？ 你会试著隐瞒自己的上网时数吗？	☐		☐		☐		☐		☐	
你會選擇把時間花在網路上而不想與他人出去走走嗎？ 你会选择把时间花在网路上而不想与他人出去走走吗？	☐		☐		☐		☐		☐	

問題 问题	幾乎不會 几乎不会 1	偶爾 偶尔 2	常常 常常 3	幾乎常常 几乎常常 4	總是如此 总是如此 5
你會因為沒上網而心情鬱悶、易怒、心神不定，一上網就百病全消嗎？ 你会因为没上网而心情郁闷、易怒、心神不定，一上网就百病全消吗？	☐	☐	☐	☐	☐

1. 計分方法：請將每題的分數相加：幾乎不會 1 分、偶爾 2 分、常常 3 分、幾乎常常 4 分、總是如此 5 分，所得的總分就是你的「網路上癮指數」。

   計分方法：请将每题的分数相加：几乎不会 1 分、偶尔 2 分、常常 3 分、几乎常常 4 分、总是如此 5 分，所得的总分就是你的「网路上瘾指数」。

2. 結果分析 结果分析：

   正常級（20 ～ 49 分）：你是屬於正常的上網行為，雖然有時候你會多花了些時間在網路上消磨，但還尚有自我控制的能力。

   正常级（20 ～ 49 分）：你是属于正常的上网行为，虽然有时候你会多花了些时间在网路上消磨，但还尚有自我控制的能力。

   預警級（50 ～ 79 分）：你正遭遇到因網路而引起的問題，雖然並非到了積重難返的地步，還是應該正視網路帶給你人生的衝擊。最好要有警覺，並改變上網習慣囉！

   预警级（50 ～ 79 分）：你正遭遇到因网路而引起的问题，虽然并非到了积重难返的地步，还是应该正视网路带给你人生的冲击。最好要有警觉，并改变上网习惯罗！

   危險級（80 ～ 100 分）：你的網路使用情形已經引起生活上的嚴重問題，你應該評估網路帶來的重大人生影響，並且找出依賴網路的問題根源。你差不多屬於網路耽溺者，恐怕需要很強的意志力，才能回復常態，建議你趕快找專業的心理諮商老師談一談。

   危险级（80 ～ 100 分）：你的网路使用情形已经引起生活上的严重问题，你应该评估网路带来的重大人生影响，并且找出依赖网路的问题根源。你差不多属于网路耽溺者，恐怕需要很强的意志力，才能回复常态，建议你赶快找专业的心理谘商老师谈一谈。

㈡ 做完之後，請你問問同學，看看有幾個同學跟你一樣。

   做完之后，请你问问同学，看看有几个同学跟你一样。

八、文化註解　文化注解　Notes culturelles

孝道與儒家思想　孝道与儒家思想　La piété filiale et le confucianisme

C'est, selon un proverbe chinois, la « première de toutes les vertus » (*bǎishàn xiào wéi xiān* 百善孝爲先　百善孝为先) ; et pourtant, le terme 孝 孝 *xiào* ne dispose pas de véritable équivalent en français. Il est néanmoins coutume de le traduire par « piété filiale », pour signifier la notion d'une vertu relative au respect à éprouver par l'enfant envers les aînés en général et – avant tout – ses parents en particulier. Ce concept confucianiste fondamental est considéré comme l'une des plus importantes vertus dans les sociétés sinophones, et aussi dans nombreuses cultures asiatiques.

Des enfants redevables envers leurs parents

La signification du terme 孝 孝 est en partie renfermée dans son sinogramme. Ce dernier combine composants sémantiques placés l'un au-dessus de l'autre : l'élément signifiant la *vieillisse* ou le *vieux* 耂 耂 (représentation graphique de la chevelure longue) est porté par celui signifiant l'*enfant* 子 子 (représentation graphique d'un nourrisson emmailloté). Le fait que l'aîné soit placé au-dessus de l'enfant symbolise ainsi l'idée d'un ordre social hiérarchisé où le premier est non seulement supérieur au second, mais aussi soutenu par celui-là.

Dans son acception la plus restreinte, la piété filiale concerne les relations intrafamiliales. C'est ainsi que la définit le tout premier dictionnaire étymologique chinois *Shuowen* 說文 说文[1], rédigé au IIe siècle de notre ère : « Une personne disposant de piété filiale prend soin de ses parents avec bienveillance » (*Xiào, shàn shì fùmǔzhě* 孝，善事父母者 / 孝，善事父母者). Plusieurs illustrations en sont apportées par un grand classique chinois du XIIIème siècle, *Les vingt-quatre modèles de la piété filiale* (*Èrshísìxiào* 二十四孝 二十四孝)[2] ; choisissons ici l'histoire du proverbe *Wò bīng qiú lǐ* 臥冰求鯉 卧冰求鲤. Préoccupé par le manque de nourriture dont souffrent ses parents l'hiver, un fils décide de s'allonger (*wò* 臥 卧) torse nu sur un lac gelé. La chaleur de son corps étendu doit alors en faire fondre la glace (*bīng* 冰 冰) et lui permettre de chercher (*qiú* 求 求) une carpe (*lǐ* 鯉 鲤), pour éteindre leur faim. Ainsi mise en image, la piété filiale implique non seulement l'obligation de respecter et de prendre soin de ses parents, mais aussi de leur montrer gratitude et dévouement – et ce, jusqu'au sacrifice personnel.

---

[1] De son intitulé complet *Shuowen jiezi* 說文解字, écrit par Xu Shen 許慎 au IIe siècle après J.-C., il s'agit du premier dictionnaire étymologique des caractères chinois. Il recense plus de 9 000 caractères.

[2] Notons par ailleurs que les 24 histoires anciennes *Xiao* ont aussi donné lieu à la formation de 24 expressions idiomatiques prêtes à l'emploi, que l'on nomme *chéngyǔ* 成語 (proverbe).

Aujourd'hui, à l'heure d'une Chine profondément marquée par la politique de l'enfant unique et ses conséquences, l'exigence de piété filiale et de soutien aux parents fait l'objet de nombreuses réflexions et débats.

Piété filiale et hiérarchie sociale

À travers le respect dû aux parents, la piété filiale prône également le respect envers les aînés et les anciennes générations. Elle exige ainsi de se conformer aux valeurs et aux enseignements transmis par les ancêtres ; les enfants doivent se soumettre non seulement en obéissant, mais aussi en s'efforçant de rendre fiers les parents, les anciens et les ancêtres, par leurs comportements et leur réussite. Ce respect implique en outre de ne pas contredire ses aînés, jusqu'à devoir réaliser les vœux de ceux-ci même si son propre désir doit s'en trouver contrarié. Par extension, cette règle morale signifie aussi que l'on doit obéir à toute sa hiérarchie – par exemple, à son professeur lorsque l'on est élève, ou à son patron lorsque l'on est employé.

Cette conception se retrouve chez le plus célèbre des penseurs chinois : Confucius – dont le nom Kǒng Fūzǐ 孔夫子 孔夫子 (littéralement : « Maître Kong ») a été latinisé par les Jésuites au XVIIe siècle[3]. Selon ce contemporain de Bouddha et de Lao Tseu (ayant vécu à cheval sur les VIe et Ve siècles avant J.-C.), la vertu de la piété filiale est le fondement même de l'ordre social ; c'est pour cette raison qu'il lui a accordé une grande importance dans sa réflexion. Ses propos sur le sujet ont été rapportés par son disciple Zēngzǐ 曾子 曾子, dans son fameux *Livre de la piété filiale* (*Xiào jīng* 孝經 孝经). Sa conception d'une hiérarchie intergénérationnelle s'étend d'ailleurs par-delà le cercle familial, structurant les relations entre les différents groupes de pouvoir au sein de la société.

Société confucéenne et administration

Le Maître lui-même a exprimé cette idée en déclarant : « Jūnjūn, chénchén, fùfù, zǐzǐ » (君君，臣臣，父父，子子 君君，臣臣，父父，子子) – ce qui peut être traduit par : « Que le souverain (empereur) soit souverain, que le ministre soit ministre, que le père soit père et que le fils soit fils ». Les communautés politique et familiale sont donc mises en regard, l'une et l'autre se servant mutuellement de modèle. D'après le cadre établi par cette citation du penseur, la stabilité et l'harmonie de la société ne peuvent donc être assurées que si chacun reste à la place définie par son statut ; par conséquent, les transgressions de cet ordre sont considérées comme inacceptables.

À partir de la dynastie des Han (IIIe siècle avant J.C. – IIIe siècle après J.-C.), les

---

[3] Les Chinois l'appellent aujourd'hui *Kǒngzǐ* 孔子.

enseignements de Confucius servent de fondement à l'administration de l'Empire – et ce, pour près de deux millénaires. Après une tentative de modernisation lors de la Réforme des cent jours de 1898 (*wùxū biànfǎ* 戊戌變法 戊戌变法), notamment grâce au penseur Kāng Yǒuwéi 康有爲 康有为, le passage de l'Empire à la République (1912) conduit à une verte critique du confucianisme par les intellectuels : « À bas la boutique de Confucius ! » (*dǎdǎo kǒngjiā diàn* 打倒孔家店 打倒孔家店), s'écrient-ils lors du mouvement du 4 mai 1919 (*wǔsì yùndòng* 五四運動 五四运动). Sun Yat-sen (Sūn Yìxiān 孫逸仙 孙逸仙), leader révolutionnaire et premier Président de la République de Chine, infuse néanmoins sa théorie des « Trois Principes du Peuple » (*sān mín zhǔyì* 三民主義 三民主义) de préceptes confucéens ; son flambeau est repris par Chiang Kai-shek (Jiǎng Jièshí 蔣介石 蒋介石), qui se replie à Taiwan en 1949. La même année, la proclamation de la République populaire de Chine par Máo Zédōng 毛澤東 毛泽东 marque alors une rupture fondamentale dans le rapport du politique au confucianisme sur le continent : c'est l'éradication même de ce courant de pensée qui est visée, en particulier lors de la Révolution culturelle de 1966-1976 (*wénhuà dàgémìng* 文化大革命 文化大革命), et ce jusque dans les années 1990. Aujourd'hui, Confucius et sa pensée ont retrouvé leurs lettres de noblesse en Chine, non sans aménagements du point de vue du pouvoir.

Le confucianisme : une religion, une philosophie ?

Le même nom de « confucianisme » regroupe en réalité des discours et des pratiques diverses, et ne désigne en aucun cas un courant unifié. C'est à partir de la fin du XIXe siècle, au contact de catégories occidentales comme celles de « religion » ou de « philosophie » alors traduites en langue chinoise, qu'un vernis de cohérence vient laquer cette pensée – sans en effacer tout le caractère disparate.

Pour aller plus loin :

BALME Stéphanie, *La Tentation de la Chine : nouvelles idées reçues sur un pays en mutation*, Paris, Le Cavalier Bleu, 2013. (Chapitre : « La Chine est restée confucéenne », pp. 45-62)

BILLIOUD Sébastien, THORAVAL Joël, *Le Sage et le Peuple : le renouveau confucéen en Chine*, Paris, CNRS éditions, 2014.

CHENG Anne (dir.), *Penser en Chine*, Paris, Gallimard, 2021.

第六課 休閒娛樂活動 第六课 休闲娱乐活动
Leçon 6 : Les loisirs

🎧 一、課文 课文 Textes

對話：週末生活 对话：周末生活
Dialogue : Le week-end

Caractères traditionnels

尼古拉：小真、玉容，你們今天看起來好高興啊！

小　真：沒錯！好不容易考完試了，終於可以輕鬆一下。

玉　容：就是嘛！這一、兩個星期夜以繼日地念書，吃不好也睡不好，再加上考試的壓力，快讓人發瘋了。今天一定要痛痛快快地唱歌，發洩一下緊張的情緒。

馬　丁：說到唱歌，我在法國很少唱歌，也沒有看過KTV，更別說到KTV唱歌了。現在我有點兒緊張了。

尼古拉：我也很好奇，聽說在KTV不但可以唱歌，還可以吃飯、喝飲料，是真的嗎？

小　眞：當然是眞的。有的KTV甚至還有吃到飽的自助餐呢！其
　　　　實有些人並不喜歡唱歌，他們就是陪著朋友一起吃吃東
　　　　西、聽聽朋友唱歌而已。

玉　容：跟朋友、家人去KTV唱歌是一種很普遍的休閒娛樂活
　　　　動，不管是中老年人，還是年輕人，都很喜歡這種社交活
　　　　動。

小　眞：馬丁、尼古拉，你們在法國有空的時候都做些什麼休閒活
　　　　動呢？

馬　丁：我平常喜歡跟朋友打打籃球、下下棋，有時候晚上去看電
　　　　影或是去聽音樂會。尼古拉，你呢？

尼古拉：我夏天喜歡爬山、露營和玩飛行傘：冬天常常去滑雪，其
　　　　他的時間就看天氣怎麼樣來決定做室內還是戶外的活動，
　　　　如果天氣不錯，我最愛在河邊騎自行車。

玉　容：聽起來眞有意思。最近很流行騎自行車，一到假日，沿著
　　　　河的自行車專用道路就擠滿了車，好像自行車高速公路。

小　眞：對呀！我爸爸媽媽放假時就常去騎自行車，他們說騎自行
　　　　車又健康又環保，是最好的休閒活動。

馬　丁：做一件事同時可以得到兩種好處，可不可以說騎自行車是
　　　　一種「一舉兩得」的休閒活動呢？

小　眞：當然可以。騎自行車不但「一舉兩得」，甚至還可以説
　　　　「一舉數得」呢，因爲還可以欣賞美麗的風景。馬丁，你
　　　　的漢語進步得很快！沒想到已經會用成語了。

馬　丁：謝謝你的誇獎，還差得遠呢！我的漢語能有一點進步都是
　　　　因爲你們這些好朋友常常跟我聊天，讓我有機會練習學過
　　　　的漢語。

玉　容：說著說著，我們已經走到KTV門口了，大家準備好大顯
　　　　身手了嗎？其實，唱歌也是語言和文化的一部分，尼古拉
　　　　和馬丁應該學幾首好聽的中文歌才算是學好漢語喔！

尼古拉：是、是、是！等一下就請你們兩位好好兒教我們唱歌吧！

尼古拉：小真、玉容，你们今天看起来好高兴啊！

小　真：没错！好不容易考完试了，终于可以轻松一下。

玉　容：就是嘛！这一、两个星期夜以继日地念书，吃不好也睡不好，再加上考试的压力，快让人发疯了。今天一定要痛痛快快地唱歌，发泄一下紧张的情绪。

马　丁：说到唱歌，我在法国很少唱歌，也没有看过KTV，更别说到KTV唱歌了。现在我有点儿紧张了。

尼古拉：我也很好奇，听说在KTV不但可以唱歌，还可以吃饭、喝饮料，是真的吗？

小　真：当然是真的。有的KTV甚至还有吃到饱的自助餐呢！其实有些人并不喜欢唱歌，他们就是陪着朋友一起吃吃东西、听听朋友唱歌而已。

玉　容：跟朋友、家人去KTV唱歌是一种很普遍的休闲娱乐活动，不管是中老年人，还是年轻人，都很喜欢这种社交活动。

小　真：马丁、尼古拉，你们在法国有空的时候都做些什么休闲活动呢？

马　丁：我平常喜欢跟朋友打打篮球、下下棋，有时候晚上去看电影或是去听音乐会。尼古拉，你呢？

尼古拉：我夏天喜欢爬山、露营和玩飞行伞；冬天常常去滑雪，其他的时间就看天气怎么样来决定做室内还是户外的活动，如果天气不错，我最爱在河边骑自行车。

玉　容：听起来真有意思！最近很流行骑自行车，一到假日，沿着河的自行车专用道路就挤满了车，好像自行车高速公路。

小　真：对呀！我爸爸妈妈放假时就常去骑自行车，他们说骑自行车又健康又环保，是最好的休闲活动。

Leçon 6

马　　丁：做一件事同时可以得到两种好处，可不可以说骑自行车是一种「一举两得」的休闲活动呢？

小　　真：当然可以。骑自行车不但「一举两得」，甚至还可以说「一举数得」呢！因为还可以欣赏美丽的风景。马丁，你的汉语进步得很快，没想到已经会用成语了。

马　　丁：谢谢你的夸奖，还差得远呢！我的汉语能有一点进步都是因为你们这些好朋友常常跟我聊天，让我有机会练习学过的汉语。

玉　　容：说着说着，我们已经走到KTV门口了，大家准备好大显身手了吗？其实，唱歌也是语言和文化的一部分，尼古拉和马丁应该学几首好听的中文歌才算是学好汉语喔！

尼古拉：是、是、是！等一下就请你们两位好好儿教我们唱歌吧！

 問題　问题　Questions

1. 爲什麼小眞和玉容這一、兩個星期都很緊張？
   为什么小真和玉容这一、两个星期都很紧张？

---

2. 爲什麼玉容說去KTV唱歌是一種很普遍的休閒娛樂活動？在KTV裡可以做哪些事？
   为什么玉容说去KTV唱歌是一种很普遍的休闲娱乐活动？在KTV里可以做哪些事？

---

3. 馬丁和尼古拉在法國時都做些什麼休閒活動？
   马丁和尼古拉在法国时都做些什么休闲活动？

---

4. 做哪些活動有「一舉兩得」的好處？
   做哪些活动有「一举两得」的好处？

---

5. 請說說你最喜愛的休閒活動。

　　请说说你最喜爱的休闲活动。

🎧 文章：去泡茶　文章：去泡茶
Texte : Boire du thé

Caractères traditionnels

　　茶是中國文化的一部分，不管在大陸、香港，還是台灣，喝茶已經成爲人們的生活習慣。和朋友去茶館喝茶聊天，也是許多人喜歡的休閒活動。例如在四川成都，很多人從小就跟大人一起去茶館，人們到茶館聊天是當地重要的文化；在香港，人們喜歡去茶館吃早餐；在台北，和朋友一起去喝茶更是普遍的社交活動。

　　不同的茶館有不同的氣氛。一些有特色的茶館，不管白天或夜晚總是擠滿了客人，大家開心地一邊喝茶，一邊聊天，非常熱鬧。有些在郊區或山上的茶館比較安靜，茶館裡的客人靜靜地坐著喝茶，欣賞外面大自然的景色。

　　你若是去中國大陸或是台灣旅行的話，不妨跟朋友找一家茶館，喝喝當地出名的茶，既對健康有好處，又能享受泡茶的樂趣，肯定是很合適的休閒安排。

Caractères simplifiés

　　茶是中国文化的一部分，不管在大陆、香港，还是台湾，喝茶已经成为人们的生活习惯。和朋友去茶馆喝茶聊天，也是许多人喜欢的休闲活动。例如在四川成都，很多人从小就跟大人一起去茶馆，人们到茶馆聊天是当地重要的文化；在香港，人们喜欢去茶馆吃早餐；在台北，和朋友一起去喝茶更是普遍的社交活动。

　　不同的茶馆有不同的气氛。一些有特色的茶馆，不管白天或夜晚总是挤满了客人，大家开心地一边喝茶，一边聊天，非常热闹。有些在郊区或山上的茶馆比较安静，茶馆里的客人静静地坐着喝

Leçon 6

茶，欣賞外面大自然的景色。

你若是去中國大陸或是台灣旅行的話，不妨跟朋友找一家茶館，喝喝當地出名的茶，既對健康有好處，又能享受泡茶的樂趣，肯定是很合適的休閒安排。

 問題 问题 **Questions**

1. 喝茶是華人平常的生活習慣，有哪些例子？
   喝茶是华人平常的生活习惯，有哪些例子？

   ....

2. 人們在茶館做什麼？
   人们在茶馆做什么？

   ....

3. 跟朋友去茶館有什麼好處？
   跟朋友去茶馆有什么好处？

   ....

4. 你喝過中國茶嗎？在你的國家，人們也喜歡喝茶嗎？
   你喝过中国茶吗？在你的国家，人们也喜欢喝茶吗？

二、生詞 生词 Vocabulaire

對話 对话 Dialogue

	生詞 生词 mot	簡體 简体 Caractère simplifié	拼音 拼音 Pinyin	解釋 解释 signification
1	期中考	期中考	*qīzhōngkǎo*	partiel, examen qui a lieu au cours du semestre ou de l'année scolaire

	生詞 生词 mot	簡體 简体 Caractère simplifié	拼音 拼音 Pinyin	解釋 解释 signification
2	好不容易	好不容易	*hǎobùróngyì*	il n'était pas facile... ; avec beaucoup d'efforts
3	加上	加上	*jiāshàng*	ajouter (à) ; en plus
4	發瘋	发疯	*fāfēng*	devenir fou / folle
5	痛快	痛快	*tòngkuài*	heureux, réjoui et satisfait
6	痛痛快快	痛痛快快	*tòngtòngkuàikuài*	avec joie et sans hésitation
7	發洩	发泄	*fāxiè*	se détendre à travers une expression émotionnelle intense (rire, pleurer, crier, parler, chanter, voire courir, etc.)
8	情緒	情绪	*qíngxù*	humeur ; émotion
9	飽	饱	*bǎo*	rassasié, repas
10	吃到飽	吃到饱	*chīdàobǎo*	manger à volonté ; buffet à volonté
11	其實	其实	*qíshí*	en réalité, en fait
12	而已	而已	*ěryǐ*	seulement (mot placé à la fin de la phrase)
13	普遍	普遍	*pǔbiàn*	universel ; commun
14	休閒	休闲	*xiūxián*	loisirs
15	娛樂	娱乐	*yúlè*	amusement, divertissement
16	中老年人	中老年人	*zhōnglǎoniánrén*	personnes à l'âge supérieur de 45 ans et personnes âgés
17	社交	社交	*shèjiāo*	social
18	或是	或是	*huòshì*	ou
19	音樂會	音乐会	*yīnyuèhuì*	concert
20	夏天	夏天	*xiàtiān*	été
21	露營	露营	*lùyíng*	camping ; faire du camping
22	傘	伞	*sǎn*	parapluie
23	飛行傘	飞行伞	*fēixíngsǎn*	parapente
24	滑雪	滑雪	*huáxuě*	ski ; faire du ski

	生詞 生词 mot	簡體 简体 Caractère simplifié	拼音 拼音 Pinyin	解釋 解释 signification
25	室內	室內	*shìnèi*	intérieur, dans un espace fermé et à l'abri du dehors
26	戶外	戶外	*hùwài*	extérieur, en plein air
27	流行	流行	*liúxíng*	populaire, être à la mode
28	假日	假日	*jiàrì*	jour férié, jour chômé
29	沿著	沿着	*yánzhe*	au / le long de (rivière, chemin, etc.)
30	道路	道路	*dàolù*	route ; chemin
31	好像	好像	*hǎoxiàng*	ressembler à
32	自行車 專用道路	自行车 专用道路	*zìxíngchē zhuānyòngdàolù*	piste cyclable
33	擠滿	挤满	*jǐmǎn*	être extrêmement plein de (+ N)
34	高速公路	高速公路	*gāosùgōnglù*	autoroute (réservée à la circulation rapide des véhicules automobiles)
35	健康	健康	*jiànkāng*	sain(e) ; santé
36	環保	环保	*huánbǎo*	écologique
37	成語	成语	*chéngyǔ*	proverbe chinois (expressions toutes faites, souvent tétrasyllabique)
38	誇獎	夸奖	*kuājiǎng*	faire des compliments (sur...)
39	差得遠	差得远	*chàdeyuǎn*	loin (de...), très inférieur(e) (à...)
40	身手	身手	*shēnshǒu*	compétence ; talent (littéralement « corps et main »)
41	大顯身手	大显身手	*dàxiǎnshēnshǒu*	démontrer pleinement ses compétences ou talents
42	部分	部分	*bùfèn*	part, partie
43	一部分	一部分	*yíbùfèn*	une part ; une partie
44	算是	算是	*suànshì*	être considéré(e) comme...

🎧 文章 文章 Texte

	生詞 生词 mot	簡體 简体 Caractère simplifié	拼音 拼音 Pinyin	解釋 解释 signification
1	泡茶	泡茶	*pàochá*	faire du thé
2	茶館	茶馆	*cháguǎn*	salon de thé
3	成都	成都	*Chéngdū*	Chengdu (capitale de la province de Sichuan, du centre-ouest de la Chine)
4	當地	当地	*dāngdì*	local
5	氣氛	气氛	*qìfēn*	ambiance
6	特色	特色	*tèsè*	particularité, spécificité
7	白天	白天	*báitiān*	jour, journée, temps qui s'écoule entre le lever et le coucher du soleil
8	夜晚	夜晚	*yèwǎn*	nuit
9	開心	开心	*kāixīn*	content, heureux, ravi
10	郊區	郊区	*jiāoqū*	banlieue
11	安靜	安静	*ānjìng*	calme, silencieux
12	客人	客人	*kèrén*	client ; invité
13	大自然	大自然	*dàzìrán*	nature, environnement non produit par les êtres humains
14	若是	若是	*ruòshì*	si (mot qui introduit une hypothèse ou une condition)
15	不妨	不妨	*bùfáng*	cela ne pourrait pas faire de mal si... (souvent utilisé pour donner son conseil)
16	出名	出名	*chūmíng*	fameux(se) ; célèbre
17	既…又…	既…又…	*jì ... yòu ...*	à la fois… et… (construction qui marque une double qualité)
18	合適	合适	*héshì*	adapté(e) ; convenable

🎧 一般練習生詞　一般练习生词 Vocabulaire supplémentaire

	生詞 生词 mot	簡體 简体 Caractères simplifié	拼音 拼音 Pinyin	解釋 解释 signification
1	比例	比例	*bǐlì*	proportion
2	菜色	菜色	*càisè*	mets, plat
3	到底	到底	*dàodǐ*	finalement, en fin de compte
4	調查	调查	*diàochá*	enquête
5	短	短	*duǎn*	court
6	份	份	*fèn*	portion
7	黃	黄	*huáng*	jaune
8	急著	急着	*jízhe*	être pressé(e) / impatient(e) (de faire...)
9	露	露	*lù*	rosée, condensation de la vapeur d'eau en suspension dans l'air sous forme de très fines gouttelettes
10	民眾	民众	*mínzhòng*	gens, personnes
11	破壞	破坏	*pòhuài*	dégrader ; endommager ; détruire
12	順利	顺利	*shùnlì*	bien marcher ; avancer sans problème
13	要是	要是	*yàoshì*	si (mot qui introduit une hypothèse ou une condition)

三、語法練習　语法练习 Grammaire

I Expression « 好不容易 好不容易 *hǎo bù róngyì* »

L'expression « 好不容易 好不容易 *hǎo bù róngyì* » (littéralement « il n'était pas facile » présente une conséquence déjà arrivée. Elle veut dire que l'on avait fait beaucoup d'efforts pour atteindre ce résultat, donc l'adverbe « 才 才 *cái* » (seulement maintenant) se trouve souvent dans la phrase principale.

 試試看：以「好不容易」造句。 试试看：以「好不容易」造句。
Faites les phrases avec « 好不容易 好不容易 *hǎo bù róngyì* » :

例 例 Exemple：

好不容易考完試，終於可以輕鬆一下，要不然身體會受不了的。
好不容易考完试，终於可以轻松一下，要不然身体会受不了的。

1. 這個星期一直下雨，好不容易 ＿＿＿＿＿＿＿＿＿，我想出去散散步。
   这个星期一直下雨，好不容易 ＿＿＿＿＿＿＿＿＿，我想出去散散步。

2. 聽說這個表演很熱門，我排隊排了好久，＿＿＿＿＿＿＿＿＿。
   听说这个表演很热门，我排队排了好久，＿＿＿＿＿＿＿＿＿。

3. 下班時地鐵裡人很多，我們 ＿＿＿＿＿＿＿＿＿。
   下班时地铁里人很多，我们 ＿＿＿＿＿＿＿＿＿。

4. 我 ＿＿＿＿＿＿＿＿＿，沒想到他卻搬家了。
   我 ＿＿＿＿＿＿＿＿＿，没想到他却搬家了。

5. 這次開會開了兩個小時，
   这次开会开了两个小时，

   ＿＿＿＿＿＿＿＿＿，沒想到老闆今天還要大家加班。
   ＿＿＿＿＿＿＿＿＿，没想到老板今天还要大家加班。

 II Expression « 再加上 再加上 *zài jiāshàng* »

L'expression « 再加上 再加上 *zài jiāshàng* » signfiant « et en plus » est intercalée entre deux facteurs du résultat, mais celui qui est placé après cette expression concerne une cause déterminante.

試試看：以「再加上」造句。　試试看：以「再加上」造句。
Faites les phrases avec « 再加上 再加上 *zài jiāshàng* » :

例 例 Exemple：

這一、兩個星期夜以繼日地念書，吃不好也睡不好，再加上考試的壓力，快讓人發瘋了。

这一、两个星期夜以继日地念书，吃不好也睡不好，再加上考试的压力，快让人发疯了。

1. 這份工作的薪資不高，再加上，　　　　　　　　　　　　　所以我決定不做了。

   这份工作的薪资不高，再加上，　　　　　　　　　　　　　所以我决定不做了。

2. 這次旅行因為時間很短，再加上，　　　　　　　　　　　　所以一點也不好玩。

   这次旅行因为时间很短，再加上，　　　　　　　　　　　　所以一点也不好玩。

3. 我不怎麼喜歡這件衣服的樣式，　　　　　　　　　　　　　，我就不買了。

   我不怎么喜欢这件衣服的样式，　　　　　　　　　　　　　，我就不买了。

4. 這家餐廳菜色多，　　　　　　　　　　　　　　　　　　　，客人當然多了。

   这家餐厅菜色多，　　　　　　　　　　　　　　　　　　　，客人当然多了。

5. 馬丁這次面試很順利，　　　　　　　　　　　　　　　　　，一定會被錄取。

   马丁这次面试很顺利，　　　　　　　　　　　　　　　　　，一定会被录取。

 III　Construction « ...，更別說 更别说 *gèng bié shuō* ... 了 了 *le* »

Composée de l'adverbe « 更 更 *gèng* » (plus; davantage) et de l'impératif « 別說 別说 *bié shuō* » (ne dites / dis pas), la conjonction « 更別說 更别说 *gèng bié shuō* » peut se traduire comme « sans oublier » et exprime une déclaration prise pour acquis. La phrase se termine par une particule « 了 了 *le* ».

 試試看：以「…，更別說…了」造句。
试试看：以「…，更别说…了」造句。
Faites les phrases avec « …，更別說 更别说 *gèng bié shuō* …了 了 *le* »

例 例 Exemple：

我在法國很少唱歌，也沒有看過 KTV，更別說到 KTV 唱歌了。

我在法国很少唱歌，也没有看过 KTV，更别说到 KTV 唱歌了。

1. 他連走路都不喜歡，更別說 　　　　　　　　　　　　　　　　　。
　　他连走路都不喜欢，更别说 　　　　　　　　　　　　　　　　　。

2. 我連英語都說不好，更別說 　　　　　　　　　　　　　　　　　。
　　我连英语都说不好，更别说 　　　　　　　　　　　　　　　　　。

3. 這家餐廳連飲料都這麼貴， 　　　　　　　　　　　　　　　　　。
　　这家餐厅连饮料都这么贵， 　　　　　　　　　　　　　　　　　。

4. 這裡的天氣連冬天都這麼暖和， 　　　　　　　　　　　　　　　。
　　这里的天气连冬天都这么暖和， 　　　　　　　　　　　　　　　。

5. 如果連父母都喜歡玩電玩， 　　　　　　　　　　　　　　　　　。
　　如果连父母都喜欢玩电玩， 　　　　　　　　　　　　　　　　　。

 IV Adverbe « 其實 其实 qíshí »

　　L'adverbe « 其實 其实 qíshí », souvent employé à l'écrit, peut être placé avant le sujet ou le verbe. Signifie « en fait, en réalité », il présente une situation véritable qui s'oppose souvent à celle dans la phrase précédente.

 試試看：以「其實」造句。 试试看：以「其实」造句。
Faites les phrases avec « 其實 其实 qíshí »

例 例 Exemple：

許多人會去 KTV 唱歌，其實有些人並不喜歡唱歌，他們就是陪著朋友一起吃吃東西而已。
许多人会去 KTV 唱歌，其实有些人并不喜欢唱歌，他们就是陪着朋友一起吃吃东西而已。

1. 我以為她是學生，其實她 　　　　　　　　　　　　　　　　　。
　　我以为她是学生，其实她 　　　　　　　　　　　　　　　　　。

2. 馬丁學漢語不只是為了學分，其實他還 　　　　　　　　　　　　。
　　马丁学汉语不只是为了学分，其实他还 　　　　　　　　　　　　。

3. 我以為他不喜歡社團， 　　　　　　　　　　　　　　　　　　　。
　　我以为他不喜欢社团， 　　　　　　　　　　　　　　　　　　　。

4. 大家以爲他搬家了，　　　　　　　　　　　　　　　　　　　　　。

　　大家以为他搬家了，　　　　　　　　　　　　　　　　　　　　　。

5. A：今天考試，你怎麼看起來一點也不緊張啊。

　　　今天考试，你怎么看起来一点也不紧张啊。

　　B：　　　　　　　　　　　　　　　，吃不好也睡不好，緊張得很！

　　　　　　　　　　　　　　　　　　，吃不好也睡不好，紧张得很！

 Construction « 看 看 *kàn*…怎麼樣 怎么样 *zěnmeyàng* »

　　　Composée d'un verbe « 看 看 *kàn* » (voir) et d'un mot interrogatif « 怎麼樣 怎么样 *zěnmeyàng* » (comment), la construction « 看 看 *kàn*...怎麼樣 怎么样 *zěnmeyàng* » introduit une interrogation indirecte et peut se traduire comme « cela dépend de... ».

- 看天氣怎麼樣來決定做室內或戶外的運動。

　看天气怎么样来决定做室内或户外的运动。

　Kàn tiānqì zěnme yàng lái juédìng zuò shìnèi huò hùwài de yùndòng.

　(Cela dépendra de la météo pour décider si on fait du sport à l'intérieur ou à l'extérieur.)

 試試看：以「看…怎麼樣」造句。　試试看：以「看…怎么样」造句。
Faites les phrases avec « 看 看 *kàn*... 怎麼樣 怎么样 *zěnmeyàng* »

例 例 Exemple：

看天氣怎麼樣來決定做室內還是戶外的活動，如果天氣不錯，我最愛在河邊騎自行車。

看天气怎么样来决定做室内还是户外的活动，如果天气不错，我最爱在河边骑自行车。

1. A：這個週末你打算做什麼？

　　　这个周末你打算做什么？

　　B：我們就　　　　　　　　　　　　　　　　　　來決定去哪裡，

　　　　我们就　　　　　　　　　　　　　　　　　　来决定去哪里，

　　如果心情好就去衝浪，心情不好就去看電影。

　　如果心情好就去冲浪，心情不好就去看电影。

2. A：你要不要參加旅行啊？

　　你要不要参加旅行啊？

　　B：媽媽說　　　　　　　　　　　　　　　　　來決定能不能去旅行。

　　　　妈妈说　　　　　　　　　　　　　　　　　来决定能不能去旅行。

3. A：這裡有好幾輛自行車，你想買哪一輛？

　　这里有好几辆自行车，你想买哪一辆？

　　B：不知道，　　　　　　　　　　　　　　　　　　　　　　　　　　　　。

　　　　不知道，　　　　　　　　　　　　　　　　　　　　　　　　　　　　。

4. A：你想買哪一種茶？

　　你想买哪一种茶？

　　B：我想先喝喝看，　　　　　　　　　　　　　　　　　　　　　　　　　。

　　　　我想先喝喝看，　　　　　　　　　　　　　　　　　　　　　　　　　。

5. A：你到底參不參加旅行啊？

　　你到底参不参加旅行啊？

　　B：我的工作很多，　　　　　　　　　　　　　　　　　　　　　　　　　。

　　　　我的工作很多，　　　　　　　　　　　　　　　　　　　　　　　　　。

 Construction «一 一 *yī* ... 就 就 *jiù* ...»

　　Constituée de deux adverbes synonymes «一 一 *yī*» et «就 就 *jiù*» (aussitôt, immédiatement», la construction «一 一 *yī* ... 就 就 *jiù* ...» montre deux actions qui se succèdent immédiatement.

 試試看：以「一…就…」造句。　試试看：以「一…就…」造句。
Faites les phrases avec «一 一 *yī* ... 就 就 *jiù* ...»

例 例 Exemple：

在四川成都，人們一有時間就到茶館泡茶聊天。

在四川成都，人们一有时间就到茶馆泡茶聊天。

1. 高速公路 （春節／塞車）。
　高速公路 （春节／塞车）。

2. 小美剛上大學，常常 （放假／回家）。
　小美刚上大学，常常 （放假／回家）。

3. 小明每次 ，因此認識了很多朋友（有空／上網聊天）。
　小明每次 ，因此认识了很多朋友（有空／上网聊天）。

4. 昨晚我沒睡好，今天太累了，所以 （上車／睡著）。
　昨晚我没睡好，今天太累了，所以 （上车／睡着）。

5. 不少青少年 （每天起床／上網）。
　不少青少年 （每天起床／上网）。

 Construction « 既 既 *jì* …又 又 *yòu* … »

La construction « 既 既 *jì* ...又 又 *yòu*... » signifiant « à la fois... et... » marque une double qualité. Elle peut être employée avec deux qualificatifs ou deux verbes.

 試試看：以「既…又…」造句。　试试看：以「既…又…」造句。
Faites les phrases avec « 既 既 *jì* ... 又 又 *yòu*... »

例 例 Exemple：

去茶館喝喝茶，既對健康有好處，又能享受泡茶的樂趣。
去茶馆喝喝茶，既对健康有好处，又能享受泡茶的乐趣。

1. 張小姐既 又 ，
　可是大家都不喜歡她。
　张小姐既 又 ，
　可是大家都不喜欢她。

2. 這件衣服 ，
　所以我就買了。
　这件衣服 ，
　所以我就买了。

3. 騎自行車最近很流行，因爲　　　　　　　　　，
　　是個不錯的運動。

　　骑自行车最近很流行，因为　　　　　　　　　，
　　是个不错的运动。

4. 參加社團　　　　　　　　　　　　，
　　好處很多。

　　参加社团　　　　　　　　　　　　，
　　好处很多。

5. 這次去北京玩，　　　　　　　　　　，
　　眞是一舉兩得。

　　这次去北京玩，　　　　　　　　　　，
　　真是一举两得。

 Expression « 不妨 不妨 _bùfáng_ »

L'expression « 不妨 不妨 _bùfán_g » peut se traduire comme « cela ne pourrait pas faire de mal si... ». Elle est utilisée pour donner poliment son conseil.

 試試看：以「不妨」造句。　试试看：以「不妨」造句。
Faites les phrases avec « 不妨 不妨　_bùfáng_ »

你若是去中國大陸或是台灣旅行的話，不妨跟朋友找一家茶館，喝喝當地出名的茶。
你若是去中国大陆或是台湾旅行的话，不妨跟朋友找一家茶馆，喝喝当地出名的茶。

1. 如果你覺得中文不夠好，不妨　　　　　　　　　　　。
　　如果你觉得中文不够好，不妨　　　　　　　　　　　。

2. 這個星期放假，我們不妨先，　　　　　　再　　　　　　。
　　这个星期放假，我们不妨先，　　　　　　再　　　　　　。

3. 這件大衣樣式不錯，你　　　　　　　　　　　　。
　　这件大衣样式不错，你　　　　　　　　　　　　。

4. 今天天氣不錯，我們 ⸰
   今天天气不错，我们 ⸰

5. 你要是急著找他， ⸰
   你要是急着找他， ⸰

四、慣用語 惯用语 Expression courante

大顯身手 大显身手 *dàxiǎn shēnshǒu*

Déployer tout son talent

On s'affirme et montre bien son talent et ses capacités. 形容充分顯露、展示自己的本領才幹。
形容充分显露、展示自己的本领才干。

Ex: Je peux finalement participer à ce match, je ne veux pas perdre cette occasion qui peut déployer tout mon talent. 例：好不容易等到比賽，我可不想失去這大顯身手的機會。例：好不容易等到比赛，我可不想失去这大显身手的机会。

🎧 五、口語／聽力練習 口语／听力练习 Compréhension / expression orale

(一) Utilisez les mots ci-dessous et parlez des habitudes sportives.

研究	調查	運動	習慣	比例	成長	上班族	學生	家庭主婦	老人
研究	调查	运动	习惯	比例	成长	上班族	学生	家庭主妇	老人

寧願	睡覺	散步	爬山	騎自行車	健康	環保	觀念	環境
宁愿	睡觉	散步	爬山	骑自行车	健康	环保	观念	环境

(二) Écoutez l'enregistrement audio et choisissez entre « vrai » ou « faux ».

	對 对	錯 错
1. 2010年台灣有運動習慣的人比去年多。	☐	☐
2010年台湾有运动习惯的人比去年多。	☐	☐
2. 根據這個研究年紀大的人比較不喜歡運動。	☐	☐
根据这个研究年纪大的人比较不喜欢运动。	☐	☐

3. 上班族每天上班的時間很長。 □ □
   上班族每天上班的时间很长。 □ □
4. 上班族不常活動，覺得做運動很累。 □ □
   上班族不常活动，觉得做运动很累。 □ □
5. 台灣人以前不像現在那麼喜歡騎自行車。 □ □
   台湾人以前不像现在那么喜欢骑自行车。 □ □
6. 對很多台灣人來說，騎自行車不難。 □ □
   对很多台湾人来说，骑自行车不难。 □ □

(三) Écoutez à nouveau l'enregistrement audio, afin de compléter les mots manquants dans les phrases ci-dessous.

1. 根據台灣最新的研究發現，2010年有運動習慣的民眾今年成長到百分之_____。
   根据台湾最新的研究发现，2010年有运动习惯的民众今年成长到百分之_____。

2. 從調查中我們發現_____、_____，與_____有運動習慣的比例較高。
   从调查中我们发现_____、_____，与_____有运动习惯的比例较高。

3. 一般年輕的上班族，差不多是_____歲到_____歲的人，在運動比例上比較低。
   一般年轻的上班族，差不多是_____岁到_____岁的人，在运动比例上比较低。

4. 上班族每天_____，平常連_____都不夠，更別說_____了。
   上班族每天_____，平常连_____都不够，更别说_____了。

5. 2010年台灣一般民眾最喜愛的_____運動，分別是_____、_____和_____。
   2010年台湾一般民众最喜爱的_____运动，分别是_____、_____和_____。

6. 因為這幾年民眾普遍有_____和_____的觀念，騎自行車對_____好，也不會破壞_____。
   因为这几年民众普遍有_____和_____的观念，骑自行车对_____好，也不会破坏_____。

7. 運動_____可讓身體健康，又能_____。
   运动_____可让身体健康，又能_____。

(四) Discutez les questions ci-dessous avec vous camarades.

1. 你喜歡運動嗎？你喜歡做哪些運動？
   你喜欢运动吗？你喜欢做哪些运动？

2. 在你的國家，人們喜歡運動嗎？哪些人比較喜歡運動？爲什麼？

在你的国家，人们喜欢运动吗？哪些人比较喜欢运动？为什么？

3. 在你的國家，人們喜歡做哪些運動？爲什麼？

在你的国家，人们喜欢做哪些运动？为什么？

六、句子重組 句子重组
Phrases à remettre dans l'ordre

1. 看天氣　來決定　再　做室內，我們　先　還是　戶外的活動。　怎麼樣，

看天气　来决定　再　做室内，我们　先　还是　户外的活动。　怎么样，

2. 還是年輕人，　不管是　去 KTV 唱歌　都很喜歡　中老年人，　。

还是年轻人，　不管是　去 KTV 唱歌　都很喜欢　中老年人，　。

3. 客人　大自然的景色。　坐著喝茶，　靜靜地　欣賞外面

客人　大自然的景色。　坐着喝茶，　静静地　欣赏外面

4. 休閒活動。　喝茶已經成爲人們　喝茶聊天，　不管在大陸、香港，　和朋友去茶館
的生活習慣，　還是台灣，　也是許多人喜歡的

休闲活动。　喝茶已经成为人们　喝茶聊天，　不管在大陆、香港，　和朋友去茶馆
的生活习惯，　还是台湾，　也是许多人喜欢的

5. 練習中文。　都是　我的漢語能　因爲　讓我　有機會　有一點進步　有你們的幫助，

练习中文。　都是　我的汉语能　因为　让我　有机会　有一点进步　有你们的帮助，

6. 最近騎自行車　休閒活動　是非常流行的，　騎車的人。　到處　一到假日　都擠滿了

最近骑自行车　休闲活动　是非常流行的，　骑车的人。　到处　一到假日　都挤满了

七、綜合練習 综合练习 Exercices supplémentaires

綜合練習生詞 综合练习生词 Vocabulaire supplémentaire

	生詞 生词 mot	簡體 简体 **Caractère** **simplifié**	拼音 拼音 **Pinyin**	解釋 解释 **Signification**
1	編曲	编曲	*biānqǔ*	arranger, arrangement(musique)
2	編號	编号	*biānhào*	numéroter
3	標準	标准	*biāozhǔn*	standard, norme
4	標準舞	标准舞	*biāozhǔnwǔ*	danse sportive
5	壁球	壁球	*bìqiú*	squash
6	不移	不移	*bùyí*	ferme, immobile
7	臭	臭	*chòu*	qui sent mauvais, puant
8	傳	传	*chuán*	passer, transmettre, répandre
9	代表	代表	*dàibiǎo*	représenter, représentant
10	兒童	儿童	*rétóng*	enfant
11	飛輪	飞轮	*fēilún*	rouage
12	非洲	非洲	*fēizhōu*	Afrique
13	公益	公益	*gōngyì*	bien-être public, bien public
14	公益課程	公益课程	*gōngyì kèchéng*	formation gratuite, coursgratuit
15	盧東尼	卢东尼	*Lú Dōngní*	Tony Arevalo jr (1954-), musicien filipino hongkongais
16	秘傳	秘传	*mìchuán*	formulesecrète, transmettresecrètement
17	拿起來	拿起来	*náqǐlái*	soulever
18	攀岩	攀岩	*pānyán*	escalade, faire de l'escalade
19	如今	如今	*rújīn*	aujourd'hui, maintenant
20	身心	身心	*shēnxīn*	condition physique et mentale
21	身心靈	身心灵	*shēnxīnlíng*	le corps et l'esprit
22	食物	食物	*shíwù*	nourriture
23	思念	思念	*sīniàn*	penser à, manquer
24	孫儀	孙仪	*Sūn yí*	un parolier taïwanais

	生詞 生词 mot	簡體 简体 Caractère simplifié	拼音 拼音 Pinyin	解釋 解释 Signification
25	太極拳	太极拳	*tàijíquán*	le Tai Chi
26	堂	堂	*táng*	classificateur pour une séance de cours
27	堂數	堂数	*tángshù*	nombre de séance de cours
28	套路	套路	*tàolù*	série de mouvements d'arts martiaux, procédures
29	調和	调和	*tiáohé*	harmoniser, concilier
30	玩起來	玩起来	*wánqǐlái*	se mettre à jouer
31	吻	吻	*wěn*	embrasser, un baiser
32	翁清溪	翁清溪	*Wēng Qīngxī*	compositeur taïwanais (1936-2012)
33	舞蹈	舞蹈	*wǔdào*	danse
34	武術	武术	*wǔshù*	art martial
35	笑	笑	*xiào*	rire, sourire
36	系列	系列	*xàliè*	série
37	氧	氧	*yǎng*	oxygène
38	楊家	杨家	*Yángjiā*	famille Yang
39	詠春拳	咏春拳	*yǒngchūnquán*	le Wing Chun, un art martial chinois
40	有氧	有氧	*yǒuyǎng*	aérobic
41	月亮	月亮	*yuèliàng*	la lune
42	瑜珈	瑜珈	*yújiā*	yoga
43	羽球	羽球	*yǔqiú*	badminton
44	鄭子	郑子	*Zhèngzǐ*	un célèbre maître de Tai Chi Chuan
45	直排輪	直排轮	*zhípáilún*	Roller
46	撞	撞	*zhuàng*	heurter
47	撞球	撞球	*zhuàngqiú*	billard
48	專屬教練	专属教练	*zhuānshǔjiàoliàn*	entraîneur personnel
49	桌球	桌球	*zhuōqiú*	tennis de table

生詞 生词 mot	簡體 简体 Caractère simplifié	拼音 拼音 Pinyin	解釋 解释 Signification
50 作曲	作曲	*zuò qǔ*	composer de la musique
51 做起來	做起来	*zuòqǐlái*	faire

 ## 說一說 说一说 Exprimez-vous

請找出課文中跟情緒有關的形容詞或動詞。

请找出课文中跟情绪有关的形容词或动词。

請用你找到的形容說說下句「什麼休閒活動會讓你～」。

请用你找到的形容说说下句「什么休闲活动会让你～」。

1. 用「V起來」來表達感覺。可以用哪些動詞？請舉例。

   用「V起来」来表达感觉。可以用哪些动词？请举例。

2. 請問問你的同學下面問題。

   请问问你的同学下面问题。

   ⑴什麼飲料喝起來又甜又香。

   　什么饮料喝起来又甜又香。

   ⑵什麼衣服穿起來既舒服又漂亮？

   　什么衣服穿起来既舒服又漂亮？

   ⑶什麼社交活動不但聽起來很吸引人，而且玩起來也很有意思？

   　什么社交活动不但听起来很吸引人，而且玩起来也很有意思？

   ⑷什麼事做起來很容易，可是做起來很難？

   　什么事做起来很容易，可是做起来很难？

   ⑸什麼食物聞起來很臭，但是吃起來很好吃？

   　什么食物闻起来很臭，但是吃起来很好吃？

   ⑹什麼東西雖然看起來很輕，可是拿起來很重？

   　什么东西虽然看起来很轻，可是拿起来很重？

   ⑺什麼菜看起來很漂亮，不過做起來很難？

   　什么菜看起来很漂亮，不过做起来很难？

   ⑻什麼運動看起來很輕鬆，做起來卻很難？

   　什么运动看起来很轻松，做起来却很难？

3. 課文中馬丁的漢語有了很大的進步。你呢？你用了哪些方法讓你的中文進步呢？

   （請用句型：不妨、好不容易、其實）

课文中马丁的汉语有了很大的进步。你呢？你用了哪些方法让你的中文进步呢？
（请用句型：不妨、好不容易、其实）

II 讀一讀 读一读

1. 課文裡說「唱歌是語言和文化的一部分」。你同意嗎？為什麼？
   课文里说「唱歌是语言和文化的一部分」。你同意吗？为什么？
2. 你還知道哪些中國文化呢？和同學聊一聊下面的圖。
   你还知道哪些中国文化呢？和同学聊一聊下面的图。

3. 休閒活動 休闲活动
   請根據下面的課程表回答問題。 请根据下面的课程表回答问题。
   健康運動學院：舞蹈瑜珈系列 健康运动学院：舞蹈瑜珈系列

代号 代號	班別 班別	每週上課時間 每周上课时间		學費 学费	指導老師 指导老师	結束—開課 日 结束—开课 日	教室 教室
		星期 星期	時間 时间				
A19	有氧舞蹈A班 有氧舞蹈A班	一 一	晚 晚	1930-2030	1000		0110-0307	7F 舞蹈 7F 舞蹈
A20	有氧舞蹈B班 有氧舞蹈B班	四 四	早 早	0800-0900	1000	黃雅玲 黄雅玲	0113-0310	3F 舞蹈
A21	有氧舞蹈C班 有氧舞蹈C班	六 六	晚 晚	1930-2030	1000		0115-0312	3F 舞蹈

代号 代號	班別 班別	每週上課時間 每周上课时间		學費 学费	指導老師 指导老师	結束—開課日 结束—开课日	教室 教室
		星期 星期	時間 时间				
A26	肚皮舞 A 班 肚皮舞 A 班	二 二 午 午	1400-1530	1800	林雪莉 林雪莉	0111-0308	3F 舞蹈 3F 舞蹈
A27	肚皮舞 B 班 肚皮舞 B 班	二 二 晚 晚	1950-2120	1800		0111-0308	B1 舞蹈 B1 舞蹈
A36	瑜珈A班 瑜珈 A 班	二四 二四 午 午	1220-1320	2000	石淑媛 石淑媛	0111-0310	3F 舞蹈 3F 舞蹈
A37	瑜珈B班 瑜珈 B 班	二四 二四 晚 晚	1830-1930	2000	陳秋菊 陈秋菊	0111-0310	
A38	瑜珈C班 瑜珈 C 班	五 五 晚 晚	1830-2000	1600		0114-0311	7F 舞蹈 7F 舞蹈
A39	瑜珈D班 瑜珈 D 班	六 六 早 早	0900-1030	1600	廖麗嬌 廖丽娇	0115-0312	
A40	瑜珈E班 瑜珈 E 班	六 六 晚 晚	1830-2000	1600		0115-0312	

⑴ 如果想學肚皮舞，請你找一找這個課的資料。

如果想学肚皮舞，请你找一找这个课的资料。

⑵ 如果想學瑜珈，有哪些選擇？

如果想学瑜珈，有哪些选择？

 III ## 寫一寫 写一写 **Rédigez**

兩人一組，請先打出我們在這五課中學到的熟語。這些熟語的意思和用法你都知道嗎？

兩人一組，请先打出我们在这五课中学到的熟语。这些熟语的意思和用法你都知道吗？

1. 兩個人一起想一想，請找五個你覺得有趣的熟語，各造一個句子，回家後再寫下來交給老師

兩个人一起想一想，请找五个你觉得有趣的熟语，各造一个句子，回家后再写下来交给老师

```
┌─────────────────────┐   ┌─────────────────────┐
│                     │   │                     │
└─────────────────────┘   └─────────────────────┘

┌─────────────────────┐   ┌─────────────────────┐
│                     │   │                     │
└─────────────────────┘   └─────────────────────┘

┌─────────────────────┐   ┌─────────────────────┐
│                     │   │                     │
└─────────────────────┘   └─────────────────────┘
```

 IV **眞實語料** 真实语料 **Document authentique**

1. 下面是台北市運動中心的課程表。
   下面是台北市运动中心的课程表。
   　請猜猜這些是什麼活動。　请猜猜这些是什么活动。

台北市運動中心2010年05月-06月課程表　台北市运动中心2010年05月-06月课程表

有氧課程 有氧课程	身心靈瑜珈 身心灵瑜珈	飛輪系列 飞轮系列	專業舞蹈 专业舞蹈
水中有氧 水中有氧	養生武術 养生武术	兒童系列 儿童系列	直排輪系課程 直排轮系课程
一對一專屬教練 一对一专属教练	攀岩課程 攀岩课程	游泳課程 游泳课程	公益課程 公益课程
壁球課程 壁球课程	羽球課程 羽球课程	籃球課程 篮球课程	桌球課程 桌球课程
撞球課程 撞球课程	高爾夫球課程 高尔夫球课程	足球課程 足球课程	音樂課程 音乐课程

看看課程介紹。有哪一堂課是你想上的呢？爲什麼？
看看课程介绍。有哪一堂课是你想上的呢？为什么？

編號 编号	課程名稱 课程名称	星期 星期	上課日期 上课日期	上課時間 上课时间	費用 费用	堂數 堂数	老師 老师
A603	麻辣塑身有氧 麻辣塑身有氧	六 六	5/8-6/26	08:50-09:50	1400	8	大知樹 大知树

編號 编号	課程名稱 课程名称	星期 星期	上課日期 上课日期	上課時間 上课时间	費用 费用	堂數 堂数	老師 老师
C606B	Free Style流行舞 Free Style 流行舞			12:00-13:00	1400	8	大知樹 大知树
C612B	熱門非洲舞 热门非洲舞			18:20-19:20	1400	8	大知樹 大知树
C614	國際標準舞（初） 国际标准舞（初）			20:00-21:30	2000	8	趙蓬英 趙蓬英

養生武術系列 养生武术系列
安定心情疏通活血，調和氣血增強體魄，打出自己的養身之道。
安定心情疏通活血，调和气血增强体魄，打出自己的养身之道。

編號 编号	課程名稱 课程名称	星期 星期	上課日期 上课日期	上課時間 上课时间	費用 费用	堂數 堂数	老師 老师
D103	鄭子太極套路進階 郑子太极套路进阶	一	5/3-6/21	08:30-10:00	2000	8(12h)	張美秀 张美秀
D113	楊空秘傳太極拳 杨空秘传太极拳	一		21:10-21:40	2000	8(12h)	陳財本 陈财本
D514	詠春拳（初級） 咏春拳（初级）	五 五	5/7-6/25	20:20-21:50	2000	8(12h)	李易儒 李易儒

2. 換你們大顯身手了！兩人一組介紹一首你們最喜歡的中文歌。
  換你们大显身手了！两人一组介绍一首你们最喜欢的中文歌。

月亮代表我的心
月亮代表我的心
作詞：翁清溪 作曲：孫儀 編曲：盧東尼
作词：翁清溪 作曲：孙仪 编曲：卢东尼

你問我愛你有多深 我愛你有幾分
你问我爱你有多深 我爱你有几分
我的情也真 我的愛也真 月亮代表我的心
我的情也真 我的爱也真 月亮代表我的心

你問我愛你有多深　我愛你有幾分
你问我爱你有多深　我爱你有几分
我的情不移　我的愛不變　月亮代表我的心
我的情不移　我的爱不变　月亮代表我的心

輕輕的一個吻　已經打動我的心
轻轻的一个吻　已经打动我的心
深深的一段情　教我思念到如今
深深的一段情　教我思念到如今

你問我愛你有多深　我愛你有幾分
你问我爱你有多深　我爱你有几分
你去想一想　你去看一看　月亮代表我的心
你去想一想　你去看一看　月亮代表我的心

八、文化註解　文化注解　Notes culturelles
禁忌與迷信　禁忌与迷信　Tabous et superstitions

En langue chinoise, le mot « tabou » se dit *jìnjì* 禁忌 禁忌 ou *jìhuì* 忌諱 忌讳. Éléments structurants pour tout groupe social, les tabous renseignent sur son histoire et ses croyances. Il est important de les garder à l'esprit pour ne pas commettre d'impair, mais ils peuvent également être à la source de quiproquos amusants.

Le terreau de l'homophonie

Avec un peu plus de 10 000 morphèmes (unités de sens) – tous monosyllabiques – pour environ 1 300 syllabes usitées, la langue chinoise se distingue par son inventaire phonétique restreint[1]. Il en découle une très large homophonie, certes propice aux jeux de mots, mais qui se répercute aussi en matière de tabous et de superstitions.

C'est le cas, par exemple, en numérologie. Alors que le nombre 13 porte malheur en Occident, c'est le chiffre 4 (*sì* 四 四) qui est craint et évité dans le monde sinophone, en raison

---

[1] Zhitang YANG-DROCOURT, *L'écriture chinoise : au-delà du mythe idéographique*, Paris, Armand Colin, 2022, pp. 178-182.

de sa quasi-homophonie avec le mot signifiant « la mort » (*sǐ* 死 死). Il est ainsi fréquent que les étages des immeubles, les chambres d'hôtels, les lits d'hôpitaux et les rangées de sièges dans les avions ne fassent pas figurer le chiffre 4 ; les numéros de téléphone et les plaques d'immatriculation qui le comportent sont également à éviter. Au contraire le chiffre 8 (*bā* 八 八), dont la prononciation évoque abondance et prospérité (*fā* 發 发), est particulièrement recherché. C'est la raison pour laquelle le coup d'envoi de la cérémonie d'ouverture des Jeux olympiques de Pékin a été donné le 8 août 2008 à 20 heures, 8 minutes et 8 secondes.

Mais les tabous liés à l'homophonie se logent aussi, de manière plus insidieuse, dans les choix de cadeaux. Deux d'entre eux sont à éviter absolument, pour le mauvais augure qu'ils représentent. D'abord, offrir une pendule, une horloge ou une montre (*sòng zhōng* 送鐘 送钟) à un ami revient à lui dire adieu sur son lit de mort (*sòng zhōng* 送終 送终), ce qui s'avère d'autant plus déplacé lorsqu'une personne âgée reçoit le cadeau. De même, il ne faut pas offrir de parapluie (*sǎn* 傘 伞) sous peine d'insinuer que les chemins – de celui qui offre le cadeau, et de celui qui le reçoit – sont sur le point de diverger (*sàn* 散 散). La menace phonétique d'une séparation (*fēnlí* 分離 分离) plane également sur les amis et amoureux enclins à partager une poire (*fēnlí* 分梨 分梨). Le pomelo (*yòuzi* 柚子 柚子), en revanche, se déguste aisément avec les membres de sa famille, pour son homophonie avec le caractère signifiant « protection » (*yòu* 佑 佑).

À l'heure des célébrations

Certains tabous et superstitions ne s'appliquent qu'à une période déterminée du calendrier. C'est notamment le cas pour le nouvel an lunaire (*chūnjié* 春節 春节). Il est préférable de respecter un comportement très codifié, sous peine de pâtir de malchance pour le reste de l'année. Pleurer le jour du nouvel an promettrait ainsi de passer une année de chagrin, de même que prononcer certains mots faisant référence à la mort, au malheur ou à l'échec ; faire la sieste engendrerait une lourde fatigue pendant les mois suivants ; réveiller une personne durant les célébrations la ferait courir après le temps jusqu'au prochain nouvel an ; utiliser des ciseaux attiserait les conflits ; une personne rendant visite à un proche hospitalisé tomberait inévitablement malade par la suite...

Sans commune mesure avec le nouvel an lunaire, les anniversaires n'échappent néanmoins pas à certains tabous. Ainsi les gâteaux à la crème surmontés de bougies n'ont-ils pas supplanté le plat-phare que sont les « nouilles de la longévité » (*chángshòu miàn* 長壽麵 长寿面) ; mais malheur à celui qui coupera ses pâtes, avec un couteau ou même ses dents ! S'il ne parvient pas à les aspirer d'une traite, il risque de voir son espérance de vie entamée. Or, la tâche est d'autant plus ardue que les nouilles sont censées être le plus longues possible.

Porter un chapeau vert

Si la couleur verte est synonyme de malchance pour les artistes en Occident, c'est l'ensemble des hommes chinois et taïwanais qui évitent de la porter en couvre-chef. Pour cause : « porter un chapeau vert » (*dài lǜ màozi* 戴綠帽子 戴绿帽子) signifie... « être cocu ».

L'origine de cette expression est disputée. Dans la culture populaire, d'aucuns font référence à la légende d'une femme dont le mari partait souvent loin de la ville pour son travail. Tombée amoureuse d'un tailleur durant l'absence de son époux, elle fit confectionner à ce dernier un chapeau vert, à porter lors de ses expéditions vers des contrées lointaines ; ainsi le tailleur pouvait-il savoir que la femme allait être à nouveau seule pour quelques semaines, lorsqu'il apercevait un chapeau vert fendre la foule. C'était sans compter sur l'étourderie du mari qui, ayant un jour oublié certains effets pour son voyage, rentra de manière inopinée chez lui et surprit sa femme avec son amant. Il se rendit alors compte de la supercherie. Mais par-delà la légende, l'explication la plus rationnelle quant à l'origine de cette expression revient aux lois somptuaires[2] des dynasties Yuán 元 元 (1279-1368), Míng 明 明 (1368-1644) et Qīng 清 清 (1644-1912). Ces lois imposaient aux maris des prostituées de porter un turban ou un chapeau vert, afin qu'ils soient facilement identifiables au sein de la population – et que la parole ne leur soit adressée qu'en connaissance de cause[3].

À la suite de la période de réforme et d'ouverture (*gǎigé kāifàng* 改革開放 改革开放) lancée dans les années 1980, le chapeau vert est devenu le symbole amusant de quiproquos interculturels. Les entreprises étrangères parviendront-elles un jour à faire d'un chapeau vert un best-seller sur le marché chinois ? Les expatriés occidentaux cesseront-ils d'être regardés avec ironie lorsqu'ils fêtent la Saint-Patrick, accoutrés de vert des pieds à la tête ? En 2015, la police de Shenzhen a mis en place un système original de sanction pour les piétons commettant des infractions. Traverser au rouge, ou hors des passages cloutés, imposait aux contrevenants de faire un choix : payer une amende d'une dizaine d'euros, ou contribuer à réguler la circulation pendant 20 minutes en portant... un chapeau vert. Sans étonnement, la plupart des individus arrêtés ont opté pour la sanction financière.

---

[2] C'est-à-dire, des lois qui encadrent les habitudes de consommation des individus en fonction, notamment, de leur appartenance sociale.

[3] Matthew H. SOMMER, *Sex, Law, and Society in Late Imperial China*, Stanford, Stanford University Press, 2002 [2000], p. 218.

Le tabou sur le nom personnel des Empereurs

   Tous les tabous ne relèvent pas du simple folklore. Sans évoquer les sujets politiques ou de société qui n'ont pas leur place ici, il est un tabou historique qui a longtemps structuré la production de savoirs en Chine : celui sur le nom personnel de l'Empereur (*guóhuì* 國諱 国讳). Il était en effet interdit de tracer ou de reproduire tout caractère composant son nom personnel et celui de ses ancêtres, quel que soit le contexte. Les intellectuels avaient alors recours aux homophones, à l'omission du dernier trait du caractère, à la substitution par le caractère *huì* 諱 讳, ou, plus simplement, au vide.

Pour aller plus loin :

Jacques PIMPANEAU, *Chine : culture et traditions*, Arles, Philippe Picquier, 2004 [1988].

WAN Jianzhong 萬建中, *Zhongguo jinji shi* 中國禁忌史 [Histoire des tabous en Chine], Wuhan, Wuhan daxue chubanshe, 2016.

XINRAN, *Chinoises*, Arles, Philippe Picquier, 2002.

第七課 藝術與文化 第七课 艺术与文化
Leçon 7 : L'art et la culture

一、課文 课文 Textes

對話：故宮博物院之行 对话：故宫博物院之行
Dialogue : Visite du Musée national de Palais

Caractères traditionnels

尼古拉：小眞，謝謝你今天陪我和馬丁來參觀故宮博物院，要不然
　　　　到現在爲止，我只在電腦上參觀過故宮博物院呢！

小　眞：你不用這麼客氣。其實，我自己早就想再看一次故宮展覽
　　　　的文物了。聽說他們每過一段時間就會輪流展出不同的文
　　　　物。

馬　丁：哇！眞的嗎？這也就是說，故宮收藏的文物很豐富嘍？

小　眞：的確，這也是爲什麼我過一段時間就想再來看看的原因。
　　　　不過，我每次一定都會去看聞名中外的「翠玉白菜」和
　　　　「肉形石」。

尼古拉：既然這麼有意思，我們就快進去吧！你們看，售票處就在前面，我們過去買票。

小　眞：喔！對了！我們三個人都可以買學生票，比全票便宜多了。

（過了四個小時以後）

馬　丁：沒想到看展覽這麼累！這幾個小時看得我頭昏眼花，我們找個地方喝飲料休息一下，好不好？

尼古拉：我贊成！我想起來了，故宮的簡介上說四樓有一個充滿藝術氣息的茶館，我們去那兒邊喝邊聊，怎麼樣？

小　眞：好啊！我也正想上去看看呢！眞是「心有靈犀一點通」。咦？馬丁，你怎麼了？怎麼都不說話了？

馬　丁：我還在回味剛才看到的歷史文物。尼古拉，你印象最深的是什麼？我最愛那幅「清明上河圖」，裡面的人物和景色「栩栩如生」，看著看著，好像自己已經走進那幅畫裡了。

尼古拉：你說得對極了！我也有那種感覺。你發現了沒有？現在故宮還利用電腦科技，讓人可以隨便點選想仔細看的部分。眞有意思。

馬　丁：我當初就是受中國文化的吸引才學漢語的，今天看了這麼多歷史悠久的書畫和文物，眞是「百聞不如一見」，讓我大開眼界。

小　眞：看你們說得那麼高興，茶館就在前面，我們先進去再好好兒地討論討論。待會兒還可以去樓下大廳的紀念品商店買一些紀念品送給朋友和家人，他們一定會很喜歡的。

馬　丁：不急、不急！儘管我今天已經看過大部分的展覽了，但是不管怎麼樣，我以後一定還會再來。這種地方值得我一來再來。

尼古拉：沒錯！過幾個月可能還可以看到新的展覽品。小眞，你願

意再陪我們來嗎？

小　眞：當然，既可以陪好朋友又可以欣賞文物，眞是「一舉兩得」。

Caractères simplifiés

尼古拉：小真，谢谢你今天陪我和马丁来参观故宫博物院，要不然到现在为止，我只在电脑上参观过故宫博物院呢！

小　真：你不用这么客气。其实，我自己早就想再看一次故宫展览的文物了。听说他们每过一段时间就会轮流展出不同的文物。

马　丁：哇！真的吗？这也就是说，故宫收藏的文物很丰富喽？

小　真：的确，这也是为什么我过一段时间就想再来看看的原因。不过，我每次一定都会去看闻名中外的「翠玉白菜」和「肉形石」。

尼古拉：既然这么有意思，我们就快进去吧！你们看，售票处就在前面，我们过去买票。

小　真：喔！对了！我们三个人都可以买学生票，比全票便宜多了。

（过了四个小时以后）

马　丁：没想到看展览这么累！这几个小时看得我头昏眼花，我们找个地方喝饮料休息一下，好不好？

尼古拉：我赞成！我想起来了，故宫的简介上说四楼有一个充满艺术气息的茶馆，我们去那儿边喝边聊，怎么样？

小　真：好啊！我也正想上去看看呢！真是「心有灵犀一点通」。咦？马丁，你怎么了？怎么都不说话了？

马　丁：我还在回味刚才看到的历史文物。尼古拉，你印象最深的是什么？我最爱那幅「清明上河图」，里面的人物和景色「栩栩如生」，看着看着，好像自己已经走进那幅画里了。

尼古拉：你说得对极了！我也有那种感觉。你发现了没有？现在故宫还利用电脑科技，让人可以随便点选想仔细看的部分。真有意思。

马　丁：我当初就是受中国文化的吸引才学汉语的，今天看了这么多历史悠久的书画和文物，真是「百闻不如一见」，让我大开眼界。

小　真：看你们说得那么高兴，茶馆就在前面，我们先进去再好好儿地讨论讨论。待会儿还可以去楼下大厅的纪念品商店买一些纪念品送给朋友和家人，他们一定会很喜欢的。

马　丁：不急、不急！尽管我今天已经看过大部分的展览了，但是不管怎么样，我以后一定还会再来。这种地方值得我一来再来。

尼古拉：没错！过几个月可能还可以看到新的展览品。小真，你愿意再陪我们来吗？

小　真：当然，既可以陪好朋友又可以欣赏文物，真是「一举两得」。

 問題　问题 Questions

1. 故宮的文物尼古拉都看過了嗎？是在哪裡看的？
   故宫的文物尼古拉都看过了吗？是在哪里看的？

2. 故宮博物院收藏哪些聞名中外的文物？
   故宫博物院收藏哪些闻名中外的文物？

3. 馬丁他們看完展覽後要去什麼地方？那是一個什麼樣的地方？
   马丁他们看完展览后要去什么地方？那是一个什么样的地方？

4. 什麼讓馬丁大開眼界？為什麼？

什么让马丁大开眼界？为什么？

---

5. 什麼人之間「心有靈犀一點通」？你有這樣的經驗嗎？

什麼人之间「心有灵犀一点通」？你有这样的经验吗？

（三希堂）
（三希堂）

（清明上河圖）
（清明上河图）

（翠玉白菜）
（翠玉白菜）

（肉形石）
（肉形石）

出處：國立故宮博物院

🎧 文章：京劇 文章：京剧 Opéra de Pékin

Caractères traditionnels

　　中國各地有許多不同的地方戲曲，其中北京的京劇是最有名的傳統戲劇，可說是近代中國戲劇的代表。京劇又稱為京戲或平劇，從北京先傳到上海、天津，後來也傳到了台灣。

　　京劇大約是十九世紀的中期在北京形成的，到現在已超過一百五十年。京劇的表演形式包括音樂、舞蹈、歌唱、雜技、功夫，和抽象的動作。京劇的內容來自中國傳統的歷史、文學、傳說等等，具有深厚的文化背景。

　　京劇的服裝和臉譜是最有特色的，演員的服裝都是中國古代的式樣，不同的角色人物都有不同的臉譜，要在臉上畫上不同的顏色及圖案，表示他們的個性。例如黑臉表示正直、白臉表示奸詐、紅臉表示忠誠。

　　如今，京劇隨著社會的改變及流行音樂的興起而逐漸衰落。懂

京劇的年輕人越來越少，但是在北京的公園裡仍常看到人們聚在一起唱京戲。北京、天津及台北等地仍有一些京劇團會固定演出，若你到這些地方旅行，不要忘了去劇院觀賞這個代表中華文化的藝術表演。

Caractères simplifiés

　　中国各地有许多不同的地方戏曲，其中北京的京剧是最有名的传统戏剧，可说是近代中国戏剧的代表。京剧又称为京戏或平剧，从北京先传到上海、天津，后来也传到了台湾。

　　京剧大约是十九世纪的中期在北京形成的，到现在已超过一百五十年。京剧的表演形式包括音乐、舞蹈、歌唱、杂技、功夫，和抽象的动作。京剧的内容来自中国传统的历史、文学、传说等等，具有深厚的文化背景。

　　京剧的服装和脸谱是最有特色的，演员的服装都是中国古代的式样，不同的角色人物都有不同的脸谱，要在脸上画上不同的颜色及图案，表示他们的个性。例如黑脸表示正直、白脸表示奸诈、红脸表示忠诚。

　　如今，京剧随着社会的改变及流行音乐的兴起而逐渐衰落。懂京剧的年轻人越来越少，但是在北京的公园里仍常看到人们聚在一起唱京戏。北京、天津及台北等地仍有一些京剧团会固定演出，若你到这些地方旅行，不要忘了去剧院观赏这个代表中华文化的艺术表演。

問題　问题　Questions

1. 什麼是近代戲劇的代表？爲什麼？
　什么是近代戏剧的代表？为什么？

2. 京劇的表演包括了哪些藝術形式？

京剧的表演包括了哪些艺术形式？

....

3. 京劇裡臉譜的顏色有哪些？這些顏色代表了什麼？

京剧里脸谱的颜色有哪些？这些颜色代表了什么？

....

4. 爲什麼現代的年輕人不怎麼喜歡看京劇了？

为什么现代的年轻人不怎么喜欢看京剧了？

....

二、生詞 生词 Vocabulaire

對話 对话 Dialogue

	生詞 生词 mot	簡體 简体 Caractère simplifié	拼音 拼音 Pinyin	解釋 解释 signification
1	故宮	故宫	*Gùgōng*	littéralement « ancien palais » : il peut signifier « Musée national du Palasi » à Taïwan ou « Cité Interdite » à Pékin
2	博物院	博物院	*bówùyuàn*	musée
3	收藏	收藏	*shōucáng*	collection ; faire collection (de...)
4	豐富	丰富	*fēngfù*	riche, abondant
5	到…為止	到…为止	*dào ... wéizhǐ*	jusqu'à
6	早就	早就	*zǎojiù*	depuis longtemps ; il y a longtemps
7	展覽	展览	*zhǎnlǎn*	exposition
8	文物	文物	*wénwù*	relique culturelle
9	輪流	轮流	*lúnliú*	tour à tour
10	展出	展出	*zǎnchū*	exhibition ; exhiber, exposer

生詞 生词 mot	簡體 简体 Caractère simplifié	拼音 拼音 Pinyin	解釋 解释 signification
11 的確	的确	*díquè*	exactement
12 聞名	闻名	*wénmíng*	célèbre
13 中外	中外	*zhōngwài*	en Chine et à l'étranger ; dans le monde
14 聞名中外	闻名中外	*wénmíngzhōngwài*	célèbre dans le monde
15 翠玉	翠玉	*cuìyù*	jade en couleur verte
16 白菜	白菜	*báicài*	« pe-tsaï », légume que l'on appelle souvent « chou chinois »)
17 翠玉白菜	翠玉白菜	*Cuìyù Báicài*	« Chou en jade » (objet faisant partie de la collection du Musée national du Palais)
18 肉形石	肉形石	*Ròuxíngshí*	« Pierre en forme de viande » (objet faisant partie de la collection du Musée national du Palais)
19 既然	既然	*jìrán*	puisque
20 售票	售票	*shòupiào*	vendre des billets / tickets
21 售票處	售票处	*shòupiàochù*	billetterie
22 全票	全票	*quánpiào*	billet / ticket plein tarif
23 頭昏眼花	头昏眼花	*tóuhūnyǎnhuā*	avoir des vertiges
24 眼花	眼花	*yǎnhuā*	être ébloui(e)
25 贊成	赞成	*zànchéng*	être d'accord ; approuver
26 簡介	简介	*jiǎnjiè*	introduction
27 充滿	充满	*chōngmǎn*	être plein de
28 藝術	艺术	*yìshù*	art
29 氣息	气息	*qìxí*	souffle ; caractéristique (souvent positif)
30 靈犀	灵犀	*língxī*	« corne de rhinocéros surnaturelle », métaphore pour une empathie ou une résonance émotionnelle

	生詞 生词 mot	簡體 简体 **Caractère simplifié**	拼音 拼音 **Pinyin**	解釋 解释 **signification**
31	回味	回味	*huí wèi*	arrière-goût ; repenser à
32	印象	印象	*yìnxiàng*	impression
33	幅	幅	*fú*	classificateur pour le tableau, la peinture, la toile, etc.
34	清明上河圖	清明上河图	*Qīngmíng shànghétú*	« Le Jour de Qingming au bord de la rivière », titre de plusieurs peintures monumentales
35	人物	人物	*rénwù*	personnage, personne imaginée
36	栩栩如生	栩栩如生	*xǔxǔrúshēng*	réaliste, comme réel ou vivant
37	感覺	感觉	*gǎnjué*	sentiment, sensation
38	隨便	随便	*suíbiàn*	à volonté
39	點選	点选	*diǎnxuǎn*	sélectionner en cliquant sur (un écran)
40	仔細	仔细	*zǐxì*	soigneusement, minutieusement
41	當初	当初	*dāngchū*	au début
42	受⋯吸引	受⋯吸引	*shòu ... xīyǐn*	être attiré(e) par...
43	悠久	悠久	*yōujiǔ*	long, qui se rapporte à une origine ancienne dans le passé
44	百聞 不如一見	百闻 不如一见	*bǎiwén bùrú yíjiàn*	Il est préférable de voir une fois qu'écouter cent fois (voir est plus fiable qu'entendre)
45	大開眼界	大开眼界	*dàkāiyǎnjiè*	élargir son horizon
46	眼界	眼界	*yǎnjiè*	vue, vision ; horizon
47	好好兒地	好好儿地	*hǎohāorde*	de son mieux ; avec joie ; patiemment
48	待會兒	待会儿	*dāihuǐr*	dans un instant
49	大廳	大厅	*dàtīng*	hall ; grande salle
50	紀念品	纪念品	*jìniànpǐn*	objet acquis pour garder le souvenir
51	商店	商店	*shāngdiàn*	boutique ; magasin

	生詞 生词 mot	簡體 简体 Caractère simplifié	拼音 拼音 Pinyin	解釋 解释 signification
52	三希堂	三希堂	*Sānxītáng*	« salle de trois rareté », nom du bureau de l'empereur Qianlong de la dynastie Qing

文章 文章 Texte

	生詞 生词 mot	簡體 简体 Caractère simplifié	拼音 拼音 Pinyin	解釋 解释 signification
1	京劇	京剧	*jīngjù*	opéra de Pékin
2	其中	其中	*qízhōng*	parmi eux/elles
3	傳統	传统	*chuántǒng*	tradition ; traditionnel
4	戲劇	戏剧	*xìjù*	drame ; pièce de théâtre
5	近代	近代	*jìndài*	(le temps) moderne
6	代表	代表	*dàibiǎo*	représentant
7	傳到	传到	*chuándào*	passer à (un lieu)
8	後來	后来	*hòulái*	après, plus tard dans le temps
9	大約	大约	*dàyuē*	environ
10	世紀	世纪	*shìjì*	siècle
11	中期	中期	*zhōngqí*	milieu (du siècle) ; à moyen terme
12	形成	形成	*xíngchéng*	se former
13	形式	形式	*xíngshì*	forme
14	舞蹈	舞蹈	*wǔdào*	danse
15	歌唱	歌唱	*gēchàng*	chant
16	雜技	杂技	*zájì*	acrobatie
17	功夫	功夫	*gōngfū*	« kung-fu », arts martiaux chinois
18	抽象	抽象	*chōuxiàng*	abstrait
19	動作	动作	*dòngzuò*	mouvement

生詞 生词 mot	簡體 简体 Caractère simplifié	拼音 拼音 Pinyin	解釋 解释 signification
20 來自	来自	*láizì*	provenir de
21 文學	文学	*wénxué*	littérature
22 傳說	传说	*chuánshuō*	légende
23 等等	等等	*děngděng*	etc.
24 具有	具有	*jùyǒu*	avoir, comporter comme caractéristique
25 深厚	深厚	*shēnhòu*	profond
26 背景	背景	*bèijǐng*	contexte
27 服裝	服装	*fúzhuāng*	tenue, habillement
28 臉譜	脸谱	*liǎnpǔ*	Visage (dont chaque couleur représente un personnage d'opéra pékinois)
29 演員	演员	*yǎnyuán*	acteur / actrice
30 古代	古代	*gǔdài*	(le temps) ancien
31 式樣	式样	*shìyàng*	style
32 顏色	颜色	*yánsè*	couleur
33 圖案	图案	*tú'àn*	motif
34 個性	个性	*gèxìng*	caractère, personnalité
35 例如	例如	*lìrú*	par exemple
36 正直	正直	*zhèngzhí*	droit, franc, honnête
37 奸詐	奸诈	*jiānzhà*	perfide, fourbe, sournois
38 忠誠	忠诚	*zhōngchéng*	dévoué, fidèle, loyal
39 如今	如今	*rújīn*	de nos jours ; maintenant
40 隨著	随着	*suízhe*	à la suite de
41 興起	兴起	*xīngqǐ*	essor
42 逐漸	逐渐	*zhújiàn*	progressivement
43 衰落	衰落	*shuāiluò*	décliner ; déclin
44 仍	仍	*réng*	encore ; tout de même
45 聚在一起	聚在一起	*jùzài yìqǐ*	se rassembler ensemble

	生詞 生词 mot	簡體 简体 Caractère simplifié	拼音 拼音 Pinyin	解釋 解释 signification
46	京劇團	京剧团	*jīngjùtuán*	trope d'opéra pékinois
47	固定	固定	*gùdìng*	fixe; fixement ; en permanence
48	觀賞	观赏	*guānshǎng*	regarder (un spectacle)
49	中華	中华	*Zhōnghuá*	(culturellement) chinois

🎧 一般練習生詞　一般练习生词 Vocabulaire supplémentaire

	生詞 生词 mot	簡體 简体 Caractère simplifié	拼音 拼音 Pinyin	解釋 解释 signification
1	博物館	博物馆	*bówùguǎn*	musée
2	表情	表情	*biǎoqíng*	expression faciale ; mimiques du visage
3	表現	表现	*biǎoxiàn*	manifester , montrer
4	布景	布景	*bùjǐng*	scène, image fixe représentant un épisode ou un événement
5	長處	长处	*chángchù*	avantage, point fort
6	臭豆腐	臭豆腐	*chòudòufǔ*	tofu puant (tofu fermenté dégageant une odeur et un goût forts)
7	創新	创新	*chuàngxīn*	Innovation ; innover ; innovant
8	創造	创造	*chuàngzào*	création ; créer
9	代表作	代表作	*dàibiǎozuò*	chef-d'œuvre
10	單位	单位	*dānwèi*	unité
11	道具	道具	*dàojù*	accessoire, objet de décoration servant au théâtre, au cinéma, à la télévision, etc.
12	而是	而是	*érshì*	mais (employé pour nuancer ou préciser l'affirmation précédente)
13	房租	房租	*fángzū*	loyer

	生詞 生词 mot	簡體 简体 **Caractère simplifié**	拼音 拼音 **Pinyin**	解釋 解释 **signification**
14	複雜	复杂	*fùzá*	compliqué
15	簡單	简单	*jiǎndān*	simple
16	精彩	精彩	*jīngcǎi*	excellent, magnifique, merveilleux
17	今日	今日	*jīnrì*	aujourd'hui
18	空前	空前	*kōngqián*	sans précédent
19	崑曲	昆曲	*Kūnqǔ*	opéra de Kunshan, la plus vieille forme d'opéra chinois qui est encore jouée aujourd'hui
20	描繪	描绘	*miáohuì*	décrire, dépeindre
21	男女	男女	*nánnǚ*	hommes et femmes
22	年輕人	年轻人	*niánqīngrén*	jeune personne
23	牆	墙	*qiáng*	mur
24	融合	融合	*rónghé*	fusion ; fusionner
25	時代	时代	*shídài*	époque
26	樹	树	*shù*	arbre
27	完成	完成	*wánchéng*	achever ; accomplir
28	舞台	舞台	*wǔtái*	scène, espace où a lieu une représentation publique
29	想像力	想像力	*xiǎngxiànglì*	imagination
30	寫實	写实	*xiěshí*	réaliste, qui évoque directement la réalité
31	喜怒哀樂	喜怒哀乐	*xǐnùāilè*	« amour, haine, chagrin, joie » ; les sentiments
32	西元	西元	*xīyuán*	calendrier grégorien
33	要求	要求	*yāoqiú*	demander, exiger ; demande
34	一看再看	一看再看	*yíkànzàikàn*	regarder encore et encore
35	閱讀	阅读	*yuèdú*	lecture ; lire
36	自然	自然	*zìrán*	nature ; naturel

三、語法練習　语法练习　Grammaire

 I　Construction « 到 到 *dào* … 爲止 为止 *wéizhǐ* »

La construction « 到 到 *dào* …爲止 为止 *wéizhǐ* » marque la limite dans le temps et signifie « jusqu'à... ». « 到 到 *dào* » est suivi d'une date, d'une heure ou d'un adverbe de temps (aujourd'hui, demain, cet après-midi, etc.).

 試試看：以「到…爲止」造句。　试试看：以「到…为止」造句。
Faites des phrases avec « 到 到 *dào* …爲止 为止 *wéizhǐ* »

例　例　Exemple：

到現在爲止，我只在電腦上參觀過故宮博物院呢！
到现在为止，我只在电脑上参观过故宫博物院呢！

1. 現在已經十點了，只有十個人來。
   现在已经十点了，只有十个人来。

   → 　　　　　　　　　　　　　　　　　　　　　　　。
   → 　　　　　　　　　　　　　　　　　　　　　　　。

2. 到了星期六，選課就結束了。
   到了星期六，选课就结束了。

   →選課只　　　　　　　　　　　　　　　　　　　　。
   →选课只　　　　　　　　　　　　　　　　　　　　。

3. 這個學期我們上課只上到七月二十五日。
   这个学期我们上课只上到七月二十五日。

   → 　　　　　　　　　　　　　　　　　　　　　　　。
   → 　　　　　　　　　　　　　　　　　　　　　　　。

4. 我到現在都還沒搭過捷運。
   我到现在都还没搭过捷运。

→ ，我還沒搭過捷運。

→ ，我还没搭过捷运。

5. 南部的天氣到過年都很暖和

南部的天气到过年都很暖和

→ ，南部的天氣都很暖和。

→ ，南部的天气都很暖和。

 II **Construction « 早就 早就 *zǎojiù* … 了 了 *le* »**

La construction « 早就 早就 *zǎojiù* … 了 了 *le* » peut se traduire comme « depuis longtemps » ou « il y a longtemps ». Elle introduit une action qui se passe plus tôt que prévu.

 試試看：以「早就…了」造句。 试试看：以「早就…了」造句。
Faites des phrases avec « 早就 早就 *zǎojiù* … 了 了 *le* »

例 例 Exemple：

其實我自己早就想再看一次故宮展覽的文物了！

其实我自己早就想再看一次故宫展览的文物了！

1. 你以爲她不知道這件事，其實 。

你以为她不知道这件事，其实 。

2. 因爲下大雨，大家以爲小王不來了，沒想到 。

因为下大雨，大家以为小王不来了，没想到 。

3. 我們以爲老張還住在宿舍裡，其實他 。

我们以为老张还住在宿舍里，其实他 。

4. 小紅到公司找哥哥，沒想到哥哥 ！

小红到公司找哥哥，没想到哥哥 ！

5. 聽說這家菜色很特別，我 ！

听说这家菜色很特别，我 ！

Adverbe « 的確 的确 díquè »

L'adverbe « 的確 的确 *díquè* » signifiant « exactement » est employé pour exprimer son accord. Il est généralement placé au début d'une phrase, mais il peut également se placer après le sujet.

 試試看：以「的確」造句。 试试看：以「的确」造句。
Faites des phrases avec « 的確 的确 *díquè* »

例 例 Exemple：

A：這個地方非常漂亮，值得一看再看！
　　这个地方非常漂亮，值得一看再看！

B：的確！這也是為什麼我過一段時間就會想再來看看的原因。
　　的确！这也是为什么我过一段时间就会想再来看看的原因。

1. A：小張常常生病卻不去看醫生，這樣下去一定會出問題。
　　　小张常常生病却不去看医生，这样下去一定会出问题。

　　B：　　　　　　　　　　　　　　　　　　　　　　　　！
　　　　　　　　　　　　　　　　　　　　　　　　　　　　！

2. A：這家餐廳生意很好。
　　　这家餐厅生意很好。

　　B：　　　　　　　　　　　　　　　　　　　　　　　　！
　　　　　　　　　　　　　　　　　　　　　　　　　　　　！

3. A：熬夜對身體不好，早點睡吧！
　　　熬夜对身体不好，早点睡吧！

　　B：　　　　　　　　　　　　　　　　　　　　　　　　！
　　　　　　　　　　　　　　　　　　　　　　　　　　　　！

4. A：這家旅館儘管小，卻非常乾淨。
　　　这家旅馆尽管小，却非常乾净。

B：這家旅館 !

　　这家旅馆 !

5. A：他聽了消息高興極了！

　　他听了消息高兴极了！

B：是啊！他 !

　　是啊！他 !

 IV **Construction « 既然 既然 _jìrán_ …就 就 _jiù_ »**

La conjonction « 既然 既然 _jìrán_ » (puisque) présente un fait ou une situation qui ne changera pas. L'adverbe « 就 就 _jiù_ » (alors) introduit en conséquence une proposition ou un conseil.

 試試看：以「既然…就」造句。 **试试看：以「既然…就」造句。**
Faites des phrases avec « 既然 既然 _jìrán_ …就 就 _jiù_ »

例 例 Exemple：

A：「翠玉白菜」和「肉形石」很有名，我每次一定都會去看。

　　「翠玉白菜」和「肉形石」很有名，我每次一定都会去看。

B：既然這麼有意思，我們就快進去吧！

　　既然这么有意思，我们就快进去吧！

1. A：我有點兒不舒服！

　　我有点儿不舒服！

B：既然你覺得不舒服，我們 !

　　既然你觉得不舒服，我们 !

2. A：這個地方的風景眞漂亮！

　　这个地方的风景真漂亮！

B：既然你覺得漂亮，我們 !

　　既然你觉得漂亮，我们 !

3. A：今天工作都完成了。

今天工作都完成了。

B：   ！

                                                                            ！

4. A：這個週末功課很多，我想留在家裡做功課。

这个周末功课很多，我想留在家里做功课。

B：   ！

                                                                            ！

5. A：天氣眞好！

天气真好！

B：   ！

                                                                            ！

Ⅴ **Expression «** 可說是 可说是 *kě shuō shì* … **»**

L'expression « 可說是 可说是 *kě shuō shì* … » veut dire « pouvoir être considéré(e) comme... » ou « pouvoir être appelé(e)... ».

試試看：以「可說是…」造句。　試试看：以「可说是…」造句。
Faites des phrases avec « 可說是 可说是 *kě shuō shì* … **»**

例 例 **Exemple：**

京劇是最有名的傳統戲劇，可說是近代中國戲劇的代表。

京剧是最有名的传统戏剧，可说是近代中国戏剧的代表。

1. 馬丁會運動又會念書，可說是   （代表）！

　 马丁会运动又会念书，可说是   （代表）！

2. 今天的運動會有很多人參加，可說是這幾年來   （活動）。

　 今天的运动会有很多人参加，可说是这几年来   （活動）。

3. 魔術最近很流行，魔術社 （社團）。
　　魔术最近很流行，魔术社 （社团）。

4. 故宮的展覽 （展覽）。
　　故宫的展览 （展览）。

5. 臭豆腐 （小吃）。
　　臭豆腐 （小吃）。

 VI Construction « 隨著 随着 *suízhe* ⋯而 而 *ér*⋯ »

　　Dans la construction, « 隨著 随着 *suízhe* » signifiant « à la suite de » est suivi d'une circonstance, « 而 而 *ér* » introduit un changement qui succède la circonstance.

 **試試看：以「隨著⋯而⋯」造句。　試试看：以「随着⋯而⋯」造句。
Faites des phrases avec « 隨著 随着 *suízhe* ⋯而 而 *ér*⋯ »**

例 例 Exemple：

京劇隨著社會的改變及流行音樂的興起而逐漸衰落。
京剧随着社会的改变及流行音乐的兴起而逐渐衰落。

1. 這裡的房租隨著 ⋯。
　　这里的房租随着 ⋯。

2. 機票的價錢會隨著 ⋯。
　　机票的价钱会随着 ⋯。

3. 現在人的閱讀習慣常常 ⋯。
　　现在人的阅读习惯常常 ⋯。

4. 春節返鄉的人數 ⋯。
　　春节返乡的人数 ⋯。

5. 馬丁的中文 ⋯。
　　马丁的中文 ⋯。

四、慣用語 惯用语 Expressions courantes

1. 聞名中外 闻名中外 *Wénmíng Zhōng-Wài*

   Peu importe que ce soit localement ou a l'étranger, c'est très connu. = Très connue dans le monde entier. 不管在國內還是國外都非常有名。不管在国内还是国外都非常有名。

   Ex: Les collections du Musée national du palais de Taipei sont très riches, on peut dire que c'est célèbre dans le monde entier. 例：台北故宮的收藏非常豐富，可說是聞名中外。
   例：台北故宫的收藏非常丰富，可说是闻名中外。

2. 頭昏眼花 头昏眼花 *Tóu hūn yǎn huā*

   Tête somnolente et vision trouble. = Étourdir, Prise de tête 頭腦昏沉，視覺模糊。头脑昏沉，视觉模糊。

   Ex : C'est difficile de comprendre ce livre. Ça me prend la tête.

   例：這本書很難懂，我讀得頭昏眼花。例：这本书很难懂，我读得头昏眼花。

3. 心有靈犀一點通 心有灵犀一点通 Xīn yǒu língxī yì diǎn tōng

   Être en communion de coeurs, de sentiments et d'idées 比喻心靈相連、情意相通、意念相契合。比喻心灵相连、情意相通、意念相契合。

   Ex : Le cadeau que tu as acheté est exactement ce que je veux. tu me comprends.

   例：你買的禮物正是我想要的，我們真是心有靈犀一點通。例：你买的礼物正是我想要的，我们真是心有灵犀一点通。

4. 栩栩如生 栩栩如生 Xǔxǔ rú shēng

   Quelque chose qui a l'air réel qui semble vivant. 形容貌態逼真，彷彿具有生命力。形容貌态逼真，彷彿具有生命力。

   Ex : La personne sur ce tableau a l'air réelle. On dirait qu'elle va sortir du tableau.

   例：這幅畫上的人物栩栩如生，好像要從畫裡走出來一樣。例：这幅画上的人物栩栩如生，好像要从画里走出来一样。

5. 百聞不如一見 百闻不如一见 Bǎi wén bùrú yí jiàn

   Il vaut mieux voir une fois de ses propres yeux que d'en entendre parler cent fois.
   聽別人述說千百遍，不如親眼看一次來得真確。听别人述说千百遍，不如亲眼看一次来得真确。

   Ex: J'ai entendu dire que le paysage de Tamsui est très beau. Un regard vaut mieux que cent discours. 例：聽說淡水的風景很漂亮，這次來到這裡，真是百聞不如一見。例：听说淡水的风景很漂亮，这次来到这里，真是百闻不如一见。

6. 大開眼界 大开眼界 Dàkāi yǎnjiè

   Apprendre et ouvrir les yeux 增加見識，開闊視野。增加见识，开阔视野。

   Ex: La visite au British Museum m'a ouvert les yeux. J'ai vu des vestiges culturels de plein de pays. 例：這次到英國的大英博物館參觀，看到了各國的文物，真是讓我大開眼界。

例：这次到英国的大英博物馆参观，看到了各国的文物，真是让我大开眼界。

🎧 五、口語／聽力理解 口语／听力理解
Compréhension / Expression orales

(一) Utilisez les mots ci-dessous et parlez des différences entre l'opéra pékinois et le théâtre occidental.

舞台	布景	道具	演員	角色	年輕人	表演	抽象	寫實	複雜	表情
舞台	布景	道具	演员	角色	年轻人	表演	抽象	写实	复杂	表情

動作	自然	簡單	創造	喜怒哀樂
动作	自然	简单	创造	喜怒哀乐

(二) Écoutez l'enregistrement audio et choisissez entre « vrai » ou « faux ».

	對 对	錯 错
1. 從舞台來看，中國京劇與西方舞台劇很像。 从舞台来看，中国京剧与西方舞台剧很像。	☐ ☐	☐ ☐
2. 在京劇中，有時候一張桌子代表不同的東西。 在京剧中，有时候一张桌子代表不同的东西。	☐ ☐	☐ ☐
3. 西方戲劇的布景、道具比較複雜、寫實。 西方戏剧的布景、道具比较复杂、写实。	☐ ☐	☐ ☐
4. 在京劇裡，要求演員用一樣的表演方式。 在京剧里，要求演员用一样的表演方式。	☐ ☐	☐ ☐
5. 現代的京劇也融合了西方戲劇的長處。 现代的京剧也融合了西方戏剧的长处。	☐ ☐	☐ ☐

(三) Écoutez à nouveau l'enregistrement audio, afin de compléter les mots manquants dans les phrases ci-dessous.

1. 從_____、_____、_____和演員的_____來看，中國的京劇和西方的戲劇很不一樣。

   从_____、_____、_____和演员的_____来看，中国的京剧和西方的戏剧很不一样。

2. 在傳統京劇的舞台上，使用的道具、布景既＿＿＿＿＿又＿＿＿＿＿，常常用＿＿＿＿＿
就可以代表牆、門、橋、樹。

在传统京剧的舞台上，使用的道具、布景既＿＿＿＿＿又＿＿＿＿＿，常常用＿＿＿＿＿
就可以代表墙、门、桥、树。

3. 在京劇裡，不同的角色在＿＿＿＿＿、＿＿＿＿＿、＿＿＿＿＿、＿＿＿＿＿的表演上，都
是一定的＿＿＿＿＿加上一定的＿＿＿＿＿。

在京剧里，不同的角色在＿＿＿＿＿、＿＿＿＿＿、＿＿＿＿＿、＿＿＿＿＿的表演上，都
是一定的＿＿＿＿＿加上一定的＿＿＿＿＿。

4. 京劇也隨著＿＿＿＿＿而＿＿＿＿＿，現在創新的京劇也學習＿＿＿＿＿，而受到不少＿＿
＿＿＿的歡迎。

京剧也随着＿＿＿＿＿而＿＿＿＿＿，现在创新的京剧也学习＿＿＿＿＿，而受到不少＿＿
＿＿＿的欢迎。

㈣ Discutez des questions ci-dessous avec vous camarades.

1. 你喜歡看戲劇表演嗎？為什麼？你看過什麼戲劇？

你喜欢看戏剧表演吗？为什么？你看过什么戏剧？

2. 你看過京劇嗎？你覺得京劇怎麼樣？

你看过京剧吗？你觉得京剧怎么样？

3. 在你的國家，人們喜歡看戲劇表演嗎？喜歡哪種戲劇？

在你的国家，人们喜欢看戏剧表演吗？喜欢哪种戏剧？

六、句子重組 句子重组
Phrases à remettre dans l'ordre

1. 故宮　才發現　來到～以後　我，的確　故宮的收藏　非常豐富。
故宮　才发现　来到～以后　我，的确　故宮的收藏　非常丰富。

. . . .

2. 這位藝術家　中國的景色　畫　把　得　非常仔細　在這幅畫裡。
这位艺术家　中国的景色　画　把　得　非常仔细　在这幅画里。

. . . .

3. 精彩　這場演出　極了，那個演員的　代表作　可說是。
精彩　这场演出　极了，那个演员的　代表作　可说是。

. . . .

4. 的興趣　而改變　他　隨著時間　對中國文化　並沒有。
   的兴趣　而改变　他　随着时间　对中国文化　并没有。

5. 今天　到～爲止，角色　很不同　還是　男女在家庭裡的。
   今天　到～为止，角色　很不同　还是　男女在家庭里的。

6. 既然　你有　想像力　豐富的，就　它　應該　利用　好好兒地。
   既然　你有　想像力　丰富的，就　它　应该　利用　好好儿地。

七、綜合練習 综合练习 Exercices supplémentaires

綜合練習生詞 综合练习生词 Vocabulaire supplémentaire

	生詞 生词 mot	簡體 简体 chinois simplifié	拼音 拼音 Pinyin	解釋 解释 signification
1	百駿圖	百骏图	*Bǎijùntú*	Cent chevaux est une peinture à l'encre sur soie , réalisée par le missionnaire Giuseppe Castiglione
2	表妹	表妹	*biǎomèi*	cousine
3	參觀券	参观券	*cānguānquàn*	ticket de visite
4	持	持	*chí*	posséder
5	持學生證明者	持学生证明者	*chí xuéshēng zhèngmíngzhě*	étudiant qui a une carte d'étudiant
6	範圍	范围	*fànwéi*	domaine, cercle, sphère
7	發源	发源	*fāyuán*	source, tirer son origine de
8	非物質	非物质	*fēiwùzhí*	immatériel
9	繪畫	绘画	*huìhuà*	peindre, dessiner, peinture, dessin

	生詞 生词 mot	簡體 简体 chinois simplifié	拼音 拼音 Pinyin	解釋 解释 signification
10	郎世寧	郎世宁	*Láng Shìníng*	Giuseppe Castiglione(1688-1766), missionnaire durant la dynastie Qing(1636-1912)
11	每日	每日	*měirì*	chaque jour
12	憑	凭	*píng*	se baser sur, s'appuyer sur
13	普通	普通	*pǔtōng*	ordinaire, commun, général
14	秋色	秋色	*qiūshè*	le paysaged'automne
15	全年	全年	*quánnián*	toutel'année
16	鵲華秋色圖	鹊华秋色图	*Què-Huá Qiūsètú*	Couleurs d'automne sur les monts Qiao et Hua, réalisé par Zhao Mengfu
17	新台幣	新台币	*Xīntáibì*	Nouveau dollar de Taïwan
18	延長	延长	*yáncháng*	prolonger
19	優惠	优惠	*yōuhuì*	préférentiel, favorable
20	優惠參觀券	优惠参观券	*yōuhuì cānguānquàn*	ticket tarifréduit
21	元旦	元旦	*Yuándàn*	le jour de l'An
22	元宵	元宵	*Yuánxiāo*	des boulettes de farine de riz gluant
23	元宵節	元宵节	*Yuánxiāo jié*	la fête des lanternes, 15 jours après le nouvel an
24	趙孟頫	赵孟頫	*Zhào Mèngfǔ*	érudit chinois, peintre et calligraphe, durant la dynastie Yuan(1271-1368)
25	至善園	至善园	*Zhìshànyuán*	un jardin de style de dynastie Song(960-1279). Il se trouve au musée national du palais à Taipei.
26	之一	之一	*zhīyī*	un parmid'autre
27	中心	中心	*zhōngxīn*	centre

I **說一說 说一说 Exprimez-vous**

你和尼古拉一樣上過故宮博物院的網站嗎（http://www.npm.gov.tw/）？請選一個讓你印象最深的中國文物，向全班同學介紹，並說說你的感覺。

（要求句型：這也就是說～、V得～、不管怎麼樣，～、既然～就、的確、到～爲止）

你和尼古拉一样上过故宫博物院的网站吗（http://www.npm.gov.tw/）？请选一个让你印象最深的中国文物，向全班同学介绍，并说说你的感觉。

（要求句型：这也就是说～、V得～、不管怎么样，～、既然～就、的确、到～为止）

 II **讀一讀 读一读 Lisez let répondez**

1. 請看下面故宮開放時間和票價，幫助馬丁回答問題。

   请看下面故宫开放时间和票价，帮助马丁回答问题。

清　郎世寧　百駿圖
清　郎世宁　百骏图

出處：國立故宮博物院

開放時間 开放时间	
地點 地点	開放時間 开放时间
展覽區一（正館） 展览区一（正馆）	全年開放，上午九時至下午五時。夜間開放時段：每週六下午五時至晚間八時三十分。 全年开放，上午九时至下午五时。夜间开放时段：每周六下午五时至晚间八时三十分。
至善園 至善园	週二至週日上午七時至下午七時開放入園。 周二至周日上午七时至下午七时开放入园。

開放時間 开放时间	
兒童學藝中心 儿童学艺中心	每日九時至下午五時。週六夜間延長開放至晚間八時三十分。每週三下午休館。 每日九时至下午五时。周六夜间延长开放至晚间八时三十分。每周三下午休馆。

售票時間：08:50-16:30 展覽區（正館）及至善園票價 售票时间：08:50-16:30 展览区（正馆）及至善园票价		
票種 票种	票價（單位：新台幣） 票价（单位：新台币）	適用範圍 适用范围
普通參觀券 普通参观券	160	一般觀眾 一般观众

優惠參觀券
优惠参观券
	80	1. 本國軍警學生
		   本国军警学生
		2. 國外學生持學生證明者
		   国外学生持学生证明者

至善園 至善园	20	請投幣入園（憑入場參觀券者免） 请投币入园（凭入场参观券者免）

* 免費參觀時間：週六夜間開放時（17:00 開始），1 月 1 日元旦、元宵節、5 月 18 日國際博物館日、9 月 27 日世界觀光日。
* 免费参观时间：周六夜间开放时（17:00 开始），1 月 1 日元旦、元宵节、5 月 18 日国际博物馆日、9 月 27 日世界观光日。

馬丁想再去故宮一次。請問
马丁想再去故宫一次。请问

⑴故宮幾點開門？幾點以後就不能買票進去了？
　故宫几点开门？几点以后就不能买票进去了？

⑵馬丁是學生，他得付多少錢買門票？
　马丁是学生，他得付多少钱买门票？

⑶如果他不想付錢，他可以星期幾幾點以後去看展覽？
　如果他不想付钱，他可以星期几几点以后去看展览？

元　趙孟頫　鵲華秋色圖
元　赵孟頫　鹊华秋色图
出處：國立故宮博物院

⑷馬丁的女朋友聽說故宮有一個很漂亮的公園——至善園，她要馬丁跟她一起去。她們可以星期幾去？兩個人一共得付多少錢？

马丁的女朋友听说故宫有一个很漂亮的公园——至善园，她要马丁跟她一起去。她们可以星期几去？两个人一共得付多少钱？

⑸馬丁要帶他八歲的小表妹去故宮。請問故宮裡有什麼地方可以讓小朋友去玩？

马丁要带他八岁的小表妹去故宫。请问故宫里有什么地方可以让小朋友去玩？

2. 什麼最能代表法國的文化？請和你的朋友討論。你同意嗎？試試看你們可不可以用中文介紹法國文化。（請用本課的熟語和形容詞）

什么最能代表法国的文化？请和你的朋友讨论。你同意吗？试试看你们可不可以用中文介绍法国文化。（请用本课的熟语和形容词）

 寫一寫 写一写 **Rédigez un texte**

文化包括戲劇、舞蹈、音樂、繪畫、文學等。請選一個你有興趣的話題，說明中國文化和法國文化有什麼不同。（請寫約300字的短文，請用句型：充滿～氣息、可說是、隨著～而、早就～了、既然～就）

文化包括戏剧、舞蹈、音乐、绘画、文学等。请选一个你有兴趣的话题，说明中国文化和法国文化有什么不同。（请写约300字的短文，请用句型：充满～气息、可说是、随着～而、早就～了、既然～就）

出處：國立故宮博物院

 眞實語料 真实语料 **Documents authentiques**

1. 請看看上面的海報，各是哪一種表演？你看過嗎？
   请看看上面的海报，各是哪一种表演？你看过吗？
2. 你喜歡哪種表演？爲什麼？
   你喜欢哪种表演？为什么？

八、文化註解　文化注解　Notes culturelles

職場　职场　Le contexte professionnel

La première rencontre

En Chine, la première fois que vous rencontrez quelqu'un est importante. Elle marquera le reste de votre relation. Il est d'usage d'échanger ses cartes de visite dans les milieux professionnels lorsqu'il s'agit d'une première rencontre.[1] Préparez donc un stock de cartes de visites, avec un côté écrit en chinois, l'autre en français (ou en anglais). Il est préférable que la carte de visite soit imprimée des deux côtés. On tend sa carte avec ses deux mains en la proposant à l'interlocuteur. Le sens de lecture de votre nom doit être dirigé vers le receveur de la carte, face chinoise au-dessus. En retour le récepteur doit impérativement prendre la carte en utilisant aussi les deux mains. Pour signifier son respect, et après quelques instants d'attention de la part du récepteur à travers un regard apposé sur le contenu de la carte, on range la carte tout en montrant le soin alloué.

Pas la peine d'en faire trop (par exemple de se courber en deux à la japonaise, à moins que vous soyez Japonais), car une trop extrême politesse feinte peut être perçue comme une distance avec l'interlocuteur, et l'obliger à en faire autant. Vous pouvez légèrement hocher la tête, ou baisser brièvement les yeux.

Donner ou prendre la carte d'une seule main, ou la glisser sur la table, est la marque d'une manque de respect. Selon le principe de réciprocité 互相 互相 *hùxiāng* chaque action oblige l'autre à en faire autant. De même, si vous offrez un cadeau, ne le choisissez pas trop luxueux car cela obligerait l'autre partie à vous rendre un cadeau égal.

La poignée de main 握手 握手 *wòshǒu*

Le « handshake » est devenu très courant en Chine lors d'une première rencontre. La poignée de main est assez longue, mais douce. L'hôte prononce des paroles polies et de bonne

---

[1] Aujourd'hui la carte de visite QR code sur smartphone est très courante, mais les usages de politesse restent les mêmes.

augure. Vous en faites de même. Pour marquer sa confiance on peut poser l'autre main par-dessus. Traditionnellement en Chine, pas d'embrassades ni de tapes dans le dos. Puis l'hôte invite son convive à prendre place en lui indiquant le chemin. C'est la fin de la poignée de main. A moins que vous échangiez vos cartes de visite à ce moment-là.

Le marché de travail

L'annonce de recrutement en Chine pourrait demander explicitement, par exemple : une femme, de plus de 1m65, d'allure « 端正 端正 » correcte. Ce type d'annonce serait interdit en Europe, pour garantir les chances à l'emploi, sans discrimination.

En Chine, un poste de secrétaire 秘書 秘书 est forcément féminin. Un homme postulant est catalogué comme efféminé (mais a aussi une chance d'emploi, notamment si le patron est une patronne). La secrétaire chinoise assume souvent, en plus des tâches habituelles, le rôle d'assistante personnelle du directeur, et le suit partout. Pour de nombreux métiers la taille est devenue un critère d'embauche, à tel point que des cliniques se sont spécialisées dans la restructuration osseuse pour faire gagner quelques centimètres.

Le niveau d'études requis pour un poste de secrétaire peut être élevé, le salaire aussi. Le système universitaire chinois est très sélectif. Une forte pression est donc mise sur le « Bac » 高考 高考 *Gāokǎo*, car l'admission à une bonne université se joue à quelques centièmes de points. Il n'y a pas, ou peu, de double cursus en Chine. Les élèves suivent un cursus linéaire. Le 大專 大专 *Dazhuan*, est un diplôme spécialisé en alternance, équivalent Bac +2 ou +3, peu valorisé. Le 全日制本科 全日制本科, abrégé en 本科 本科 *Běnke*, est l'équivalent de la Licence ou du Bachelor à Bac +4 ou +5, des étudiants qui ont suivi les études à temps plein. Il permet d'accéder au 碩士 硕士 *Shuòshì*, équivalent du Master, permettant la poursuite d'un 博士 博士 *Bóshì*, allant jusqu'à bac +10 et réservé à une petite élite.

Le marché de l'emploi est très concurrentiel en Chine. Plus de 8 millions de diplômés d'université arrivent chaque année sur le marché du travail. Trois types principaux d'entreprises peuvent les recruter : les entreprises d'Etat (dont l'administration), les entreprises privées, et les entreprises étrangères ou en joint-venture. Chaque année les diplômés chinois postulent en masse pour être embauchés par l'administration. En 2023 par exemple, 7,7 millions de candidats se sont présentés pour environ 200.000 postes seulement. Ce qui les attire: la sécurité de l'emploi dans un contexte fluctuant, une rémunération assortie d'avantages sociaux et une possibilité de promotion lente mais balisée sur plusieurs décennies. Le recrutement par les entreprises d'Etat est très classique, et demande davantage d'obédience que d'initiative personnelle. De plus, dans un Etat très centralisé, l'administration est prestigieuse.

Le secteur privé est très dynamique et varié. Les spécialités ou les aptitudes personnelles des candidats sont davantage prises en compte pour le recrutement. Il convient au postulant de montrer à l'entreprise en quoi il sera utile selon le secteur. Le turn-over y atteint un taux élevé, notamment dans les entreprises de haute-technologie (environ deux ans). On y gagne davantage d'argent, mais les risques sont plus grands.

Les sociétés étrangères ou semi-étrangères (à capitaux mixtes) sont recherchées pour leur management aux normes occidentales, des salaires élevés et une ouverture à l'international. C'est là que les compétences personnelles comme l'innovation, l'ambition, la gouvernance ont le plus de chances d'être valorisées. Sans diplôme, il est très difficile de trouver un emploi intéressant. C'est le sort de centaines de millions de ruraux, qui travaillent en grande partie comme main-d'oeuvre en atelier d'usine. Mais quel que soit le type d'entreprise ou le secteur, en Chine, en plus des diplômes, la loyauté envers l'entreprise et l'esprit d'équipe sont des valeurs placées très haut.

第八課 複習 第八课 复习
Leçon 8 : Révision

一、閱讀 I 阅读 I Compréhension écrite

請閱讀下列短文後回答問題：

请阅读下列短文后回答问题：

Lisez les textes ci-dessous puis répondez aux questions :

㈠ 〈網路無國界〉　〈网路无国界〉

Caractères traditionnels

　　馬丁學習中文已經兩年多了，他最近在網路上認識了很多中國朋友。他常常在網路上和他們聊天、練習中文。安娜最近也使用網路學習中文，不管什麼問題，她都可以在網路上找到答案。她最喜歡用網路看中文節目，還能查不懂的漢字。

　　今天晚上，安娜打電話給馬丁討論用網路學習中文的好處。沒想到馬丁卻說他開始用網路聊天之後，每天光是跟朋友們聊天就要花三、四個小時，都沒時間睡覺了。安娜跟馬丁說，儘管用網路交朋友很方便，但是要注意，不要花太多時間。馬丁要安娜別擔心，他不會讓自己沉迷於網路。因為明年，他準備去中國學習中文，順便和朋友見面。安娜說：「這樣你就不用在網路上聊天了，可是別忘了打網路電話和我聯絡喔！」

Caractères simplifiés

　　马丁学习中文已经两年多了，他最近在网路上认识了很多中国朋友。他常常在网路上和他们聊天、练习中文。安娜最近也使用网路学习中文，不管什麼问题，她都可以在网路上找到答案。她最喜欢用网路看中文节目，还能查不懂的汉字。

　　今天晚上，安娜打电话给马丁讨论用网路学习中文的好处。没想到马丁却说他开始用网路聊天之后，每天光是跟朋友们聊天就要花三、四个小时，都没时间睡觉了。安娜跟马丁说，尽管用网路交朋友很方便，但是要注意，不要花太多时间。马丁要安娜别担心，他不会让自己沉迷於网路。因为明年，他准备去中国学习中文，顺便和朋友见面。安娜说：「这样你就不用在网路上聊天了，可是别忘了打网路电话和我联络喔！」

Leçon 8

 問題 问题 Questions

1. 馬丁學習中文多久了？ 马丁学习中文多久了？

---

2. 馬丁用網路做什麼事？ 马丁用网路做什么事？

---

3. 安娜喜歡用網路做什麼事？ 安娜喜欢用网路做什么事？

---

4. 馬丁覺得用網路聊天有什麼好處？ 马丁觉得用网路聊天有什么好处？

---

5. 馬丁每天要花多長時間和朋友聊天？ 马丁每天要花多长时间和朋友聊天？

---

6. 你怎麼知道馬丁很喜歡跟朋友聊天？（寧願不…也…）
   你怎么知道马丁很喜欢跟朋友聊天？（宁愿不…也…）

---

7. 安娜要馬丁注意什麼事情？ 安娜要马丁注意什么事情？

---

8. 馬丁明年準備做什麼？ 马丁明年准备做什么？

---

9. 安娜提醒馬丁不要忘了做什麼？ 安娜提醒马丁不要忘了做什么？

㈡〈輕鬆一下〉　〈轻松一下〉

Caractères traditionnels

　　在馬丁去過KTV之後，去KTV唱歌已經變成他最喜歡的休閒活動了。好不容易又放假了，馬丁馬上找人一起去唱歌。小眞和玉容都說：「沒想到你去KTV唱一次歌就上癮了。這次準備唱什麼歌呢？」馬丁說他以爲在大家面前唱歌很可怕，其實唱歌既能發洩壓力，又能學習中文。再加上可以在KTV裡吃東西、聊天，眞是一舉數得呢！

　　小眞說：「是啊！不過我的休閒活動都在室內，其實我也想去戶外爬爬山、打打球。下次，看大家的時間怎麼樣，我們一起去做些戶外的活動吧！」玉容馬上說：「尼古拉，下次放假的時候，你不妨帶大家一起去露營吧？」尼古拉是露營的專家，他覺得大家總是在室內活動，其實應該出去運動運動。他建議大家下次放假可以一起去山上露營，順便騎騎自行車。馬丁說：「好啊！但是現在還是先去唱歌吧，我等不及給大家唱唱我學的中文歌了！」尼古拉跟馬丁說：「你這麼喜歡唱歌，不妨下次去露營的時候也唱歌給大家聽一聽吧！」

Caractères simplifiés

　　在马丁去过KTV之後，去KTV唱歌已经变成他最喜欢的休闲活动了。好不容易又放假了，马丁马上找人一起去唱歌。小真和玉容都说：「没想到你去KTV唱一次歌就上瘾了。这次准备唱什麼歌呢？」马丁说他以为在大家面前唱歌很可怕，其实唱歌既能发泄压力，又能学习中文。再加上可以在KTV里吃东西、聊天，真是一举数得呢！

　　小真说：「是啊！不过我的休闲活动都在室内，其实我也想去户外爬爬山、打打球。下次，看大家的时间怎麼样，我们一起去做些户外的活动吧！」玉容马上说：「尼古拉，下次放假的时候，你不妨带大家一起去露营吧？」尼古拉是露营的专家，他觉得大家总是在室内活动，其实应该出去运动运动。他建议大家下次放假可以一起去山上露营，顺便骑骑自行车。马丁说：「好啊！但是现在还是先去唱歌吧，我等不及给大家唱唱我学的中文歌了！」尼古拉跟马丁说：「你这么喜欢唱歌，不妨下次去露营的时候也唱歌给大家听一听吧！」

Leçon 8

 問題 问题 Questions

1. 現在馬丁最喜歡的休閒活動是什麼？ 现在马丁最喜欢的休闲活动是什么？

- -

2. 爲什麼去KTV唱歌一舉數得？ 为什么去KTV唱歌一举数得？

- -

3. 小眞也想做些什麼其他的休閒活動？ 小真也想做些什么其他的休闲活动？

- -

4. 玉容建議下次放假的時候大家一起做什麼？
   玉容建议下次放假的时候大家一起做什么？

- -

5. 尼古拉覺得應該多做室內還是戶外休閒活動？
   尼古拉觉得应该多做室内还是户外休闲活动？

- -

6. 尼古拉建議大家去做什麼？ 尼古拉建议大家去做什么？

- -

7. 爲什麼馬丁馬上想唱歌？ 为什么马丁马上想唱歌？

- -

8. 尼古拉建議馬丁在露營的時候做什麼？ 尼古拉建议马丁在露营的时候做什么？

- -

㈢ 〈看展覽〉 〈看展览〉

Caractères traditionnels

　　王明聽說安娜很喜歡藝術，他想到最近在台北美術館有個很棒的展覽，到下個月五號爲止，所以他找安娜這個週末一起去參觀台北美術館。安娜從來沒去過台北美術館，所以她非常期待，想參觀台北美術館。這次展覽的主

題是「西方印象」。雖然有的畫安娜早就在法國和歐洲看過了，但是在台北美術館看起來感覺不一樣。安娜發現那天很多爸爸媽媽帶著孩子一起來美術館看展覽，美術館也有很多給小孩準備的活動。

看完了展覽，安娜買了些台北美術館的明信片當作紀念，她還選了很多有東方特色的紀念品準備送給家人。安娜跟王明說：「今天的展覽讓我大開眼界，下次我們再一起去看看別的展覽吧！」

Caractères simplifiés

王明听说安娜很喜欢艺术，他想到最近在台北美术馆有个很棒的展览，到下个月五号为止，所以他找安娜这个周末一起去参观台北美术馆。安娜从来没去过台北美术馆，所以她非常期待，想参观台北美术馆。这次展览的主题是「西方印象」。虽然有的画安娜早就在法国和欧洲看过了，但是在台北美术馆看起来感觉不一样。安娜发现那天很多爸爸妈妈带着孩子一起来美术馆看展览，美术馆也有很多给小孩准备的活动。

看完了展览，安娜买了些台北美术馆的明信片当作纪念，她还选了很多有东方特色的纪念品准备送给家人。安娜跟王明说：「今天的展览让我大开眼界，下次我们再一起去看看别的展览吧！」

 ### 問題 问题 Questions

1. 安娜對什麼有興趣？ 安娜对什么有兴趣？

----

2. 王明準備帶安娜去哪裡看展覽？ 王明准备带安娜去哪里看展览？

----

3. 這個展覽到什麼時候？ 这个展览到什么时候？

----

4. 王明和安娜什麼時候去參觀展覽？ 王明和安娜什么时候去参观展览？

----

5. 這次的展覽主題是什麼？ 这次的展览主题是什么？

----

6. 安娜去美術館那天發現了什麼？ 安娜去美术馆那天发现了什么？

7. 安娜在美術館買了什麼送給家人？ 安娜在美术馆买了什么送给家人？

二、聽力 听力 Compréhension orale

請聽以下對話並根據您的理解，選出正確的答案。

请听以下对话并根据您的理解，选出正确的答案。

Écoutez le dialogue et choisissez la bonne réponse.

(一) 第一部分

Anne et Wang Ming discutent des problèmes de recherche sur Internet. Écoutez le dialogue puis choisissez la bonne réponse aux questions.

第一段 第一段

1. 安娜最近用網路做什麼？　　　安娜最近用网路做什么？
   a. 用網路和朋友聊天　　　　　a. 用网路和朋友聊天
   b. 用網路學習中文　　　　　　b. 用网路学习中文
   c. 用網路找資料　　　　　　　c. 用网路找资料

2. 安娜有什麼問題？　　　　　　安娜有什么问题？
   a. 常常有聽不懂的漢字　　　　a. 常常有听不懂的汉字
   b. 常常有不認識的漢字　　　　b. 常常有不认识的汉字
   c. 常常有看不懂的新聞　　　　c. 常常有看不懂的新闻

第二段 第二段

3. 王明介紹什麼網站給安娜？　　王明介绍什么网站给安娜？
   a. 王明介紹了網路字典　　　　a. 王明介绍了网路字典
   b. 王明介紹了新聞網站　　　　b. 王明介绍了新闻网站
   c. 王明介紹了買字典的網站　　c. 王明介绍了买字典的网站

4. 安娜在家裡不能用網路做什麼練習？
   a. 寫作文的練習
   b. 寫漢字的練習
   c. 聽力的練習

安娜在家里不能用网路做什么练习？
   a. 写作文的练习
   b. 写汉字的练习
   c. 听力的练习

第三段　第三段

5. 爲什麼安娜很少看中文影片呢？
   a. 因爲她沒有時間
   b. 因爲她不喜歡看影片
   c. 因爲她聽力不好

为什么安娜很少看中文影片呢？
   a. 因为她没有时间
   b. 因为她不喜欢看影片
   c. 因为她听力不好

6. 爲什麼放假的時候安娜沒有說中文的機會？
   a. 因爲她一個人在家
   b. 因爲她沒有朋友
   c. 因爲她不想練習中文

为什么放假的时候安娜没有说中文的机会？
   a. 因为她一个人在家
   b. 因为她没有朋友
   c. 因为她不想练习中文

🎧 (二) 第二部分

Martin veut proposer à Li Lin d'escalader une montagne. Ils se mettent à discuter. Écoutez le dialogue puis choisissez la bonne réponse aux questions.

第一段　第一段

1. 星期六放假，馬丁想要做什麼？
   a. 他想去爬山
   b. 他想去騎自行車
   c. 他想寫報告

星期六放假，马丁想要做什么？
   a. 他想去爬山
   b. 他想去骑自行车
   c. 他想写报告

2. 李琳爲什麼想輕鬆一下？
   a. 因爲她讀完書了
   b. 因爲她寫完報告了
   c. 因爲她考完試了

李琳为什么想轻松一下？
   a. 因为她读完书了
   b. 因为她写完报告了
   c. 因为她考完试了

第二段　第二段

3. 他們打算去哪兒爬山？　　　　　　他们打算去哪儿爬山？
   a. 學校後面　　　　　　　　　　　a. 学校后面
   b. 學校前面　　　　　　　　　　　b. 学校前面
   c. 馬丁家後面　　　　　　　　　　c. 马丁家后面

4. 馬丁想在山上做什麼？　　　　　　马丁想在山上做什么？
   a. 賣茶　　　　　　　　　　　　　a. 卖茶
   b. 坐纜車　　　　　　　　　　　　b. 坐缆车
   c. 吃中國菜　　　　　　　　　　　c. 吃中国菜

5. 立德帶了什麼紀念品給馬丁？　　　立德带了什么纪念品给马丁？
   a. 包種茶　　　　　　　　　　　　a. 包种茶
   b. 烏青邑茶　　　　　　　　　　　b. 乌青邑茶
   c. 茶杯　　　　　　　　　　　　　c. 茶杯

第三段　第三段

6. 他們準備去哪裡喝茶呢？　　　　　他们准备去哪里喝茶呢？
   a. 小玉介紹的茶館　　　　　　　　a. 小玉介绍的茶馆
   b. 李琳知道的茶館　　　　　　　　b. 李琳知道的茶馆
   c. 馬丁聽朋友介紹的茶館　　　　　c. 马丁听朋友介绍的茶馆

7. 星期六他們什麼時候見面呢？　　　星期六他们什么时候见面呢？
   a. 星期六上午十點　　　　　　　　a. 星期六上午十点
   b. 星期六下午兩點　　　　　　　　b. 星期六下午两点
   c. 星期六下午五點　　　　　　　　c. 星期六下午五点

🎧 (三) 第三部分

Martin et Xiaozhen ont l'intention d'aller voir une exposition au Musée national du Palais. Écoutez le dialogue puis choisissez la bonne réponse aux questions.

第一段　第一段

1. 上個星期馬丁去了什麼地方讓他大開眼界？
   a. 台北美術館
   b. 故宮博物院
   c. 國家戲劇院

上个星期马丁去了什么地方让他大开眼界？

a. 台北美术馆

b. 故宫博物院

c. 国家戏剧院

2. 爲什麼馬丁最喜歡書法？　　　　　　　为什么马丁最喜欢书法？

  a. 因爲他喜歡寫字　　　　　　　　　a. 因为他喜欢写字

  b. 因爲他喜歡漢字　　　　　　　　　b. 因为他喜欢汉字

  c. 因爲他喜歡中國文化　　　　　　　c. 因为他喜欢中国文化

第二段　第二段

3. 立德和馬丁說他想去做什麼？　　　　立德和马丁说他想去做什么？

  a. 立德想看京劇　　　　　　　　　　a. 立德想看京剧

  b. 立德想去博物館　　　　　　　　　b. 立德想去博物馆

  c. 立德想聽音樂　　　　　　　　　　c. 立德想听音乐

4. 李琳要怎麼看國家戲劇院有什麼表演？　李琳要怎么看国家戏剧院有什么表演？

  a. 去國家戲劇院查節目表　　　　　　a. 去国家戏剧院查节目表

  b. 問立德有什麼表演　　　　　　　　b. 问立德有什么表演

  c. 上網查節目表　　　　　　　　　　c. 上网查节目表

第三段　第三段

5. 下個星期李琳和馬丁要一起去看什麼表演？　下个星期李琳和马丁要一起去看什么表演？

  a. 京劇　　　　　　　　　　　　　　a. 京剧

  b. 舞蹈表演　　　　　　　　　　　　b. 舞蹈表演

  c. 音樂會　　　　　　　　　　　　　c. 音乐会

6. 爲什麼星期三立德不能來？　　　　　为什么星期三立德不能来？

  a. 因爲他要寫報告　　　　　　　　　a. 因为他要写报告

  b. 因爲他要考試　　　　　　　　　　b. 因为他要考试

  c. 因爲他要和朋友吃飯　　　　　　　c. 因为他要和朋友吃饭

🎧 ㈣ **篇章聽力**

Écoutez l'enregistrement audio de la présentation d'une exposition puis choisissez la bonne réponse aux questions.

1. 請問這個博物館一樓有什麼展覽？　　请问这个博物馆一楼有什么展览？
   a. 書法展　　　　　　　　　　　　　a. 书法展
   b. 畫展　　　　　　　　　　　　　　b. 画展
   c. 文物展　　　　　　　　　　　　　c. 文物展

2. 請問茶館在幾樓？　　　　　　　　　请问茶馆在几楼？
   a. 二樓和四樓　　　　　　　　　　　a. 二楼和四楼
   b. 一樓和四樓　　　　　　　　　　　b. 一楼和四楼
   c. 三樓和四樓　　　　　　　　　　　c. 三楼和四楼

3. 請問地下一樓是什麼地方？　　　　　请问地下一楼是什么地方？
   a. 售票處　　　　　　　　　　　　　a. 售票处
   b. 茶館　　　　　　　　　　　　　　b. 茶馆
   c. 紀念品商店　　　　　　　　　　　c. 纪念品商店

4. 請問哪一個展覽快要結束了？　　　　请问哪一个展览快要结束了？
   a. 一樓的展覽　　　　　　　　　　　a. 一楼的展览
   b. 二樓的展覽　　　　　　　　　　　b. 二楼的展览
   c. 三樓的展覽　　　　　　　　　　　c. 三楼的展览

5. 請問接下來有什麼新展覽？　　　　　请问接下来有什麼新展览？
   a. 國畫展　　　　　　　　　　　　　a. 国画展
   b. 現代畫展　　　　　　　　　　　　b. 现代画展
   c. 抽象畫展　　　　　　　　　　　　c. 抽象画展

🎧 **生詞 生词 Vocabulaire**

	生詞 生词 mot	簡體 简体 Caractère simplifié	拼音 拼音 Pinyin	解釋 解释 signification
1	變成	变成	*biànchéng*	devenir
2	棒	棒	*bàng*	bâton ; formidable, super
3	包種茶	包种茶	*bāozhǒngchá*	thé nommé « Baozhong », un type de thé Oolong
4	茶杯	茶杯	*chábēi*	tasse de thé

	生詞 生词 mot	簡體 简体 Caractère simplifié	拼音 拼音 Pinyin	解釋 解释 signification
5	畫	画	*huà*	peinture ; peindre ; dessin ; dessiner
6	可怕	可怕	*kěpà*	effrayant, horrible, terrible
7	控制	控制	*kòngzhì*	contrôle ; contrôler
8	啦	啦	*la*	(interjection)
9	纜車	缆车	*lǎnchē*	téléphérique
10	美術	美术	*měishù*	beaux-arts
11	面前	面前	*miànqián*	devant
12	那些	那些	*nàxiē*	ces ; ceux-là, celles-là
13	篇章	篇章	*piānzhāng*	chapitre
14	深刻	深刻	*shēnkè*	profond
15	室外	室外	*shìwài*	à l'extérieur ; dehors
16	提醒	提醒	*tíxǐng*	rappeler
17	忘不了	忘不了	*wàngbùliǎo*	ne pas pouvoir oublier
18	忘記	忘记	*wàngjì*	oublier
19	文物展	文物展	*wénwùzhǎn*	exposition des reliques culturelles
20	烏龍茶	乌龙茶	*wūlóngchá*	thé Oolong, un type de thé à oxydation incomplète
21	限制	限制	*xiànzhì*	limitation ; limiter
22	小玉	小玉	*Xiǎoyù*	Xiaoyu (prénom féminin)
23	邀請	邀请	*yāoqǐng*	invitation ; inviter
24	影片	影片	*yǐngpiàn*	vidéo
25	以下	以下	*yǐxià*	ci-de
26	之後	之后	*zhīhòu*	après
27	主題	主题	*zhǔtí*	thème
28	字典	字典	*zìdiǎn*	dictionnaire
29	資訊	资讯	*zīxùn*	information
30	作文	作文	*zuòwén*	composition, rédaction
31	作用	作用	*zuòyòng*	effet ; fonction

三、口語表達 口语表达 Expression orale

主題會話討論 主题会话讨论

(一) 主題討論 主题讨论 Discussions thématiques

1. (1) 請跟你的朋友說說你對使用網路的意見？
    请跟你的朋友说说你对使用网路的意见？

   (2) 請問你覺得小孩應該使用網路嗎？
    请问你觉得小孩应该使用网路吗？

   (3) 你覺得父母應不應該限制孩子使用網路？爲什麼？
    你觉得父母应不应该限制孩子使用网路？为什么？

   (4) 你覺得網路對於學習的好處有哪些？壞處有哪些？
    你觉得网路对於学习的好处有哪些？坏处有哪些？

   (5) 你每天花幾個小時上網？
    你每天花几个小时上网？

   (6) 你覺得有哪些方法可以控制自己的上網時間？
    你觉得有哪些方法可以控制自己的上网时间？

2. 休閒活動 休闲活动

   (1) 你喜歡戶外的、還是室內的休閒活動？
    你喜欢户外的、还是室内的休闲活动？

   (2) 你做過哪些戶外的休閒活動是你覺得最特別的？
    你做过哪些户外的休闲活动是你觉得最特别的？

   (3) 你覺得培養對休閒活動的興趣重要嗎？爲什麼？
    你觉得培养对休闲活动的兴趣重要吗？为什么？

   (4) 如果你和朋友要一起出去玩，想要做的活動不一樣，怎麼辦？
    如果你和朋友要一起出去玩，想要做的活动不一样，怎么办？

3. 有趣的博物館 有趣的博物馆

   (1) 你去過哪些有趣的博物館？你去過哪些有趣的博物館？
    你去过哪些有趣的博物馆？你去过哪些有趣的博物馆？

   (2) 你喜歡參觀哪種展覽呢？（畫展、文物展、設計展……）
    你喜欢参观哪种展览呢？（画展、文物展、设计展……）

   (3) 在法國，有哪些特別主題的博物館呢？
    在法国，有哪些特别主题的博物馆呢？

⑷ 如果你自己是博物館的館長，你想要舉辦什麼樣的展覽呢？爲什麼？

如果你自己是博物馆的馆长，你想要举办什么样的展览呢？为什么？

㈡ 角色扮演 角色扮演 Jeux de rôle

1. Complétez le dialogue ci-dessous : Xiaoming et sa mère discutent de la navigation sur Internet. Xiaoming pense avoir besoin de plus de temps pour surfer sur Internet mais sa mère n'est pas d'accord.

A—媽媽；B—小明　A—妈妈；B—小明

A：小明，你已經上網上了＿＿＿＿＿＿，不要再上網了！

　　小明，你已经上网上了＿＿＿＿＿＿，不要再上网了！

B：我知道啦！可是我還要＿＿＿＿＿＿＿＿＿＿＿＿＿。

　　我知道啦！可是我还要＿＿＿＿＿＿＿＿＿＿＿＿＿。

A：媽媽不是跟你說過，＿＿＿＿＿＿＿＿＿＿＿＿。

　　妈妈不是跟你说过，＿＿＿＿＿＿＿＿＿＿＿＿。

B：如果我不上網＿＿＿＿＿＿＿＿＿＿＿＿＿＿＿。

　　如果我不上网＿＿＿＿＿＿＿＿＿＿＿＿＿＿＿。

A：＿＿＿＿＿＿＿＿＿＿＿＿＿＿＿＿＿＿＿＿＿＿＿

　　＿＿＿＿＿＿＿＿＿＿＿＿＿＿＿＿＿＿＿＿＿＿＿

B：＿＿＿＿＿＿＿＿＿＿＿＿＿＿＿＿＿＿＿＿＿＿＿

　　＿＿＿＿＿＿＿＿＿＿＿＿＿＿＿＿＿＿＿＿＿＿＿

A：＿＿＿＿＿＿＿＿＿＿＿＿＿＿＿＿＿＿＿＿＿＿＿

　　＿＿＿＿＿＿＿＿＿＿＿＿＿＿＿＿＿＿＿＿＿＿＿

B：＿＿＿＿＿＿＿＿＿＿＿＿＿＿＿＿＿＿＿＿＿＿＿

2. Compétez le dialogue ci-dessous : Xiaozhen veut que Martin l'emmène quelque part ce week-end.

A—小眞；B—馬丁　A—小真；B—马丁

A：馬丁，我好久沒去戶外走走了，＿＿＿＿＿＿＿＿＿。

　　马丁，我好久没去户外走走了，＿＿＿＿＿＿＿＿＿。

B：好啊！我覺得＿＿＿＿＿＿跟＿＿＿＿＿＿都不錯，你呢？

　　好啊！我觉得＿＿＿＿＿＿跟＿＿＿＿＿＿都不错，你呢？

A：我不會＿＿＿＿＿＿，但是＿＿＿＿＿＿。

　　我不会＿＿＿＿＿＿，但是＿＿＿＿＿＿。

B：那這個星期六＿＿＿＿＿＿＿＿＿＿＿＿＿＿＿。

　　那这个星期六＿＿＿＿＿＿＿＿＿＿＿＿＿＿＿。

A : _____

B : _____

A : _____

B : _____

3. Complétez le dialogue ci-dessous : Junjun et Nicolas voient une exposition au Musée natio-nal du Palais. Ils parlent de leurs œuvres d'art préférées. Junjun adore l'art occidental, tandis que Nicolas apprécie la peinture chinoise et les reliques culturelles orientales.

A—君君；B—尼古拉 A—君君；B—尼古拉

A：尼古拉，故宮裡這麼多藝術品，你最喜歡什麼呢？

　　尼古拉，故宮里这么多艺术品，你最喜欢什么呢？

B：我對＿＿＿＿＿＿＿印象最深刻，因爲＿＿＿＿＿＿＿。

　　我对＿＿＿＿＿＿＿印象最深刻，因为＿＿＿＿＿＿＿。

A：我也喜歡，但是我在歐洲看過的＿＿＿＿＿＿＿也讓我忘不了。

　　我也喜欢，但是我在欧洲看过的＿＿＿＿＿＿＿也让我忘不了。

B：是嗎？你喜歡什麼呢？

　　是吗？你喜欢什么呢？

A : _____

B : _____

A : _____

B : _____

四、篇章寫作 篇章写作 Expression écrite

Rédigez les textes en employant les structures et les mots proposés. Les questions sont le repère pour aider la composition des textes.

㈠ 媒體：我最常看的電視節目／我最常使用的網站

　　媒体：我最常看的电视节目／我最常使用的网站

建議句型　建议句型　Structures

對…來說、受到…的影響、不只…而且也、越來越…、因為…的關係

对…来说、受到…的影响、不只…而且也、越来越…、因为…的关系

生詞　生词　Mots nouveaux

並不、加上、不像、習慣、獨立、比方說、其實、希望、改變、感情、照顧、生活、開始、學習、不但、解決、造成

并不、加上、不像、习惯、独立、比方说、其实、希望、改变、感情、照顾、生活、开始、学习、不但、解决、造成

引導問題　引导问题　Questions

你喜歡看電視／上網嗎？為什麼？

你喜欢看电视／上网吗？为什么？

你最喜歡的電視節目／網站是什麼呢？

你最喜欢的电视节目／网站是什么呢？

你覺得看電視／上網的好處是什麼？

你觉得看电视／上网的好处是什么？

你得到哪些資料？有什麼作用？

你得到哪些资料？有什么作用？

你喜歡和朋友討論哪些電視／上網的資訊？

你喜欢和朋友讨论哪些电视／上网的资讯？

(二) 休閒活動：最難忘的旅行　休闲活动：最难忘的旅行

建議句型　建议句型　Structures

不妨（例：看看書）、既…又、再加上…、對…來說

不妨（例：看看书）、既…又、再加上…、对…来说

生詞　生词　Mots nouveaux

出名、假日、沒想到、特色、輕鬆、當地、大自然、休閒、好像、健康、合適

出名、假日、没想到、特色、轻松、当地、大自然、休闲、好像、健康、合适

引導問題　引导问题　Questions

你最近去了哪些地方玩呢？

你最近去了哪些地方玩呢？

那裡有什麼特色？

那里有什么特色？

你在那裡做了哪些休閒活動？
你在那里做了哪些休闲活动？
你喜歡那裡嗎？為什麼？
你喜欢那里吗？为什么？
下一次的假日，你打算去哪裡玩？
下一次的假日，你打算去哪里玩？

㈢ 藝術與文化：介紹一個你喜歡的展覽／表演
　　艺术与文化：介绍一个你喜欢的展览／表演

建議句型　建议句型　Structures

到…為止、A 比 B…多了、又…、受…吸引
到…为止、A 比 B…多了、又…、受…吸引

生詞　生词　Mots nouveaux

印象、感覺、發現、藝術、既然、充滿、仔細、氣息、極、紀念品、豐富、收藏、形式
印象、感觉、发现、艺术、既然、充满、仔细、气息、极、纪念品、丰富、收藏、形式

引導問題　引导问题　Questions

到現在為止，你看過哪些讓你印象深刻的展覽？
到现在为止，你看过哪些让你印象深刻的展览？
你覺得那些展覽／表演的特色在哪裡？
你觉得那些展览／表演的特色在哪里？
你喜歡和誰一起去看展覽呢？
你喜欢和谁一起去看展览呢？
你覺得看完展覽的感覺如何？
你觉得看完展览的感觉如何？
你希望下次去看哪一種展覽／表演？
你希望下次去看哪一种展览／表演？